光文社文庫

文庫書下ろし

星降る宿の恵みごはん

山菜料理でデトックスを

小野はるか

この作品は光文社文庫のために書下ろされました。

目次

主な登場人物

槍沢《うつぎさわ》まひろ　会社をリストラされた二十九歳。引きこもり生活に区切りをつけようと、旅に出る。

星時雨《ほししぐれ》　民宿『ほしみ』の料理人兼若旦那。おもてなしの達人。

一話　心のとげとエラの味噌汁

心と体のデトックスしませんか？

そんなうたい文句につられて即旅立った自分は、なかなか単純な女なのだろう。

自虐的に思いながら、まひろは青い空をぼんやりと見上げた。五月になったばかりの空は、とても澄んだ青をしていた。

視線を下げれば、未舗装の道の左右にずらりと茅葺《かやぶ》き民家が軒を連ねている。江戸時代だとか、そういった時代劇のセットと見まごう景色で、髷《まげ》を結って着物を着た人々が歩いているほうがしっくりとくるように思える。

東北は福島県の『大内宿《おおうちじゆく》』というところだ。

どの茅葺き民家も食事処として人々を迎え入れたり、あるいは軒先で土産ものを売ったり、餅や名前のわからない川魚を焼いたりなどしている。

いかにも時間がゆっくりと流れているような雰囲気で、のどかさに春の陽気がとてもよく似合う。

いいところだ、と思った。

訪れるのがこのタイミングでさえなかったら、非日常をじっくりと堪能することができただろう。

少し残念に思いながら、まひろは水路で冷やしてあったラムネをひと瓶買い、観光客の波に逆らいながら早々に駐車場へともどった。

忙しいわけでもないのに——むしろ暇なのに、泥がまとわりつくような重い疲労を感じる。まひろは運転席に腰を沈めると、大きく息をはいた。

腕時計を確認する。午後三時。

東京を出て、車で三時間。目的地の手前でここに寄ったのは、名物の蕎麦が目的だった。ネットで高評価だったというのもあるし、蕎麦ならば、食欲がなくともつるっとのどを通るのではないかという思いもあった。

(でも、むりっぽいかな……)

朝ごはんを食べたのは八時頃だったろうか。

冷蔵庫にいつまでものこっていた卵をひとつ、しかたなく焼いて食べ、インスタントのコーヒーを飲んだ。たったそれだけだというのにまだ空腹を感じない。

胃が重くて、ここしばらくはずっとこんな感じだ。

ラムネもぱっと見て「なんかいいな」という雰囲気から買ってはみたが、いざ飲もうとするとためらってしまう。ひと瓶飲みきれるだろうか、自信がない。

結局、ラムネの栓を開けることもなく車のエンジンをかけた。

地方出身の母の影響でなんとなく所持しつづけたおんぼろの軽自動車は、走り出すとカラカラとすこし怪しい音をたてる。

目的地まで、あと二時間。まひろはぐっとアクセルを踏み込んだ。

狭い二車線の山道を、代わり映えのしない山林の景色がひたすら左右を流れてゆく。

進んでいるのか、いないのか。

そんな錯覚を覚えて、まひろは苦く笑った。

鬱蒼《うっそう》としていてまるで先が見えない感覚は、いまのまひろそのものだ。

出口が見えない。先が見えないから、その不安を東京に置き去りにして逃げている。

逃げたところで、なにも変わらないのに――。

胸がつまるような息苦しさがあって、まひろは車の窓を少し開けた。

日差しが当たれば暖かいのに、窓から吹き込む風は五月に入ったとは思えないほど涼やかだ。ほんとうに東北に来たんだな、と実感する。

運転以外の雑念をふり切るように、まひろはオーディオの音量をぐんと上げた。

＊

会社が多少、危機的な状態にあることは知っていた。

人員を減らして、都内にふたつある営業所をひとつに統合しようという動きがあることも。

実際、末端の人員から順に整理されていたし、不安がまったくなかったと言ったら嘘《うそ》になる。

けれど路頭に迷う危機感を抱いていたかといえば、それもちがった。

なにせ倒産するほどの話ではなかったし、人員整理が終われば落ち着くと見られていたからだ。

楽観的でいられた理由のひとつに、『自信』があったと、まひろは思う。

末端から切られていくなら、自分はその末端ではないと思っていた。

これまでバリバリと働き、しっかり成績を残してきたという自負があった。

だから深刻な顔をした上司の呼び出しを受けるまで、まさか自分が解雇されるだなんて、これっぽっちも考えてはいなかったのだ。

「俺がすべての責任をもって決めた。すまない。うらんでくれてかまわない」

まひろより十ほど年上の上司は、その誠実そうな顔を苦しげにゆがめ、深々と頭を下げた。

「いえ……仕方のないことです」

そう答える以外に、どんな選択肢があったのだろう？

四十を手前にしたとは思えないほど若々しく、いつも潑剌《はつらつ》と働いていた上司の姿はそこにはなかった。無精ひげが伸び、染めに行く心の余裕もなかったのか、髪には白髪が目立っていた。ワイシャツなどしわだらけだ。

きっと、上司もさんざん悩んだ末の選択だったのだろう。

まひろはショックで真っ白になった頭で、「むしろ、憎まれ役にならざるを得ない部長のほうが苦しい立場かと思います」……そんなことを話したように思う。

きょう、わたしの二十九歳の誕生日なんです。誕生日プレゼントがそれですか。そんなこと、口が裂けても言えるはずがない。

上司個人に責任があるわけではないし、上司に嚙《か》みつくのはお門違いだ。

誠実そうで優しい上司に好意も抱いていたから、困らせたくないという気持ちが働いたことも、否めない。

まひろは結局、上司への想いを断ち切ることができず、さりとて文句を言うことなど到底できないまま、良い部下、できる部下、物分かりのいい部下を演じたまま仕事の引き継ぎに臨み、そのまま有給休暇の消費に突入してしまったのだった。


それからの生活は荒れた。地味な方向に荒れた。

いわゆる引きこもりというやつだ。

バリバリ頑張ってきたという自負があったからこそ、打ちのめされた。立ち直れなかった。

どうしてまひろだったのか。それが到底納得できない。ほかにいたはずだ。いや、いるじゃないか。具体的な顔と名前が脳裏に浮かぶ毎日だった。勤務態度が悪く、仕事もミスだらけの人員がいながら、どうしてまひろが切られてしまったのか——。

生活は不規則で、無気力で。食事の買い出し以外、自宅マンションから一歩も外に出ることなく過ごし、昼も夜も関係なく寝て、起きて、スマートフォンを弄《いじ》って時間が溶けていく毎日。

食事はコンビニ、飽きたらウーバー。主にビールのつまみによさそうなものをチョイスして、アルコールとともに流し込む——そういう爛《ただ》れた日々。

太るかと思ったけれど、一気に痩せた。

きっと、即働かなければ生活が危ういともなれば、必死にもなれたのだろう。

けれども幸いというべきか、まひろには無気力でも多少は生きていけるだけのたくわえがあった。

なにせずっと独身で、金銭をつぎ込むような趣味もない。

彼氏がいたころはファッションやデートにそれなりにつぎ込んだけれど、それももう四年も前の話だ。

念のためにと確認した預金通帳のそこそこたまった金額が、仕事に打ち込むことだけがすべての、ほかにはなにもない人生だったのだとまひろにつきつけた。

(旅行にも行ったことないしな……)

ベッドで動画を見ながら流し込んでいたビールがなくなった。

もう一本、と取りに行こうとして足元がふらつく。よろけてぶつかったのは、これまで毎朝身支度に使っていた姿見だった。

立ち上がろうとして、そこに映った姿にまひろは愕然《がくぜん》とした。

ぼさぼさ頭にカサカサの肌。くぼんでくまの浮き出た目元、割れたくちびる。毛玉だらけのスウェットを着たすっぴんのくたびれた二十九歳が、こちらを見ている。

（こんなの、ただのみじめなおばさんだ……）

ばっちりメイクにオーダースーツ、肩下のロングヘアをびしっとアップにして、ピカピカのパンプスをはき、颯爽《さっそう》とオフィス街を歩いていた頃の自分は跡形もない。

会社勤めというものがいかに自分を輝かせていたか、それをまざまざと思い知らされた気がした。もはや自分は、これほどに無価値だ。

いやちがう。バリバリ働いてきたのだって、無価値だった。

バッサリと切り捨てられてしまうほどに、価値のないものだった。

（もうだめだ）

まひろは頽《くずお》れた。

心が折れる音というのは、存外静かだった。

つらい。助けて。あまりに理不尽じゃないか。こんなこと……。

まひろは音もたてずに床にうずくまった。

聴こえるのは、ブーンと唸《うな》る冷蔵庫の音。衣擦《きぬず》れの音、息づかい。

あとはベッドに置き去りにされたスマートフォンから流れる動画の音声だけで、その賑《にぎ》やかさと、無機質なワンルームマンションとの対比がよけいに虚《むな》しい。

(もうだめ。もう無理。頑張れない)

もう、どこか遠くに逃げ出してしまいたい。

そう思ったときだ。

『心と体のデトックスしませんか？』

低く聞き心地のよい声が、耳に届いた。BGMは川のせせらぎ。

ほったらかしになっていた動画の途中で再生された、地方の観光誘致CMだ。

見ていたわけではないので、内容はよくわからない。ただ、印象的なキャッチコピーは、はっきりと耳に残った。

「心の……」

なにかが琴線に触れたように思う。

気がついたときにはスマートフォンに飛びつくようにしてCMを停止し、地名を食い入るように見つめていた。

「ユネスコエコパーク、只見《ただみ》」

ユネ……なんだろうそれは。

けれど只見はわかった。

それはまひろが昔、夏のひとときをすごした思い出深い地の名前だった。

＊

ユネスコエコパークとは、世界遺産の指定で有名な国連機関ユネスコが、豊かな自然と人間の共生をめざすために指定したモデル地域をいうらしい。

まひろがネットで調べた情報である。

只見町はそのモデル地域となったひとつで、東京二十三区よりも広大な面積を有し、その九割以上を豊かな山林が占めている豪雪地帯なのだとか。

いまもそこで暮らすひとびとは自然を大切にし、寄り添いながら、深い雪と山に育まれた豊かな生態系を守りつつ暮らしているらしい。

……なんだかよくわからないけれど、子どものころに滞在したときの記憶も、川で大きな魚を追いかけたり、カブトムシをつかまえたりといったものだったから、自然が豊かなのはまちがいない。

どこか遠くに逃げ出したいと切望したタイミングで出会ったCMは、これ以上なく渡りに船に思えた。

まず、東京からほどよく遠いというのがいい。

しかも新幹線でパパッと行けない奥地である。秘境の山里なら、滞在中、うっかり会社がらみの知人に会うこともないだろう。

それにまったく知らない土地ではないというのも、大きく背中を後押しした。

まひろがふと我に返ったときには、すっかり逃亡準備は整っていたのである。


大内宿からナビを頼りに国道に出て、まがりくねった山道を走る。

車も少なく、急ぎでもないのがいい。そこそこペーパードライバーでもなんとかなった。

「あ、サル！」

山道を横切るサルの群れが見えて、思わず大きな独り言を叫ぶ。

すごいところに来たなという実感がわいた。

とにかく周囲は山深く、国道とは思えないほどの狭い道を、鬱蒼とした木々に囲まれながら走っていた。

広葉樹はまだ芽吹きはじめのようで、日が差すと新緑も木漏れ日も目にあかるい。だが対照的に、日陰の多い杉林などは地面に残雪も多く、まだいたるところに冬の面影を濃くのこしていた。

東京ではすっかり散っていた桜も、五月頭だというのにまだ満開の木まである。豪雪地帯とのことなので、春の到来もゆっくりなのだろう。

『ここから只見ユネスコエコパーク』の看板を越え、いくつかの小さな集落をすぎ、夕方近くになってようやくたどり着いたのが、ＪＲ只見駅のまえに広がる只見町の中心部だった。

駅前とはいっても山と川が迫り、田畑が混在する静かな集落だ。

手前で寄った大内宿で感じたのとおなじように、のどかで、どこか時間がゆったりと流れているような感覚がする。

日本の原風景――そんなふうに表現されるような集落を、黄色い西日が染めている。太陽自体はすっかり山の陰だった。

まひろは予約してあった宿の駐車場に車を止めた。

滞在先に選んだのは、小さな民宿の一部屋だ。外観は黒い羽目板が施された木造の二階建てで、入り口の引き戸には民宿の屋号、『ほしみ』の暖簾《のれん》がかかっている。

予約時にはわからなかったが、『軽食・喫茶』の看板もあった。

「うー、つかれたぁ」

免許を取って以来、はじめての超ロングドライブだ。

車を降りて大きく伸びをする。

あたりには、各家庭の台所から流れてきたのか、おいしいごはんの匂いが漂っていた。

夕飯の準備どきだ。

(お出汁、しょう油……煮物かな)

胸いっぱいに吸いこんで、勝手に想像する。

まひろが住むマンションの近くには飲食店がいくつもあって、近くを通ればかならず料理の匂いが漂っていたのだが、そういうものとはどこかちがう。

ただいま！　と家に帰りたくなるような、そんな家庭的な匂いだった。

「なんか、なつかしい……」

「でしょう？」

思わずこぼれた独り言に返す声があって、ふり返る。

「はじめてきたのになつかしい。それが只見のキャッチコピーなんです」

『ほしみ』の暖簾をくぐって、男の人が出てきていた。

歳はまひろと同じ二十代後半くらい。デニムの前掛けをつけているので、民宿の人なのだろう。

「五泊でご予約の槍沢《うつぎさわ》さんですよね」

「あ、はい。そうです。お世話になります」

答えながら、ちょっと不安になる。勢いで来てしまったが、五泊。

予約の電話口で適当に叩き出した滞在日数である。ひとり旅など初体験のまひろとしては、かなり思い切った結果の五泊六日だ。

とはいえ、滞在に関してはまったくのノープランで、この期間をどうやって過ごせばいいのか。いざこうして宿を前にすると戸惑ってしまう。

大丈夫か？　時間を完全に持て余してしまうのではないか——そこまで考えて、心の中で自分を嗤《わら》った。

時間を持て余したところで、なんだというのか。

解雇されてからいままでのひと月と、いったいなにがちがうだろう。

（……どこにいたって、結局おなじじゃない）

行くあてもやるべきこともない。いや、やるべきはまずハローワークに足を運ぶことだが、その現実から逃げているのだからおなじことだ。

「大丈夫ですか？」

荷物を出そうと後部座席のドアを開けたままぼんやりしてしまったまひろに、宿の人が心配そうに声をかけてくれる。

「遠くからようこそ。お疲れでしょう」

まひろの沈んだ表情を運転の疲労だと解釈したのか、ねぎらいの声をかけてくれる。そればかりか、まひろがなんとか引きずり出した荷物を代わりに持ってくれた。

「大荷物ですみません」

荷物は小型のキャリーケースとボストンバッグの計ふたつもある。

五泊六日分の着替えと洗面用具、それに電話予約の際には「朝晩は冷えるので備えがあるといい」と聞いていたので、厚手の上着も入れたら荷物が膨れてしまった。

衣類の圧縮袋があったらもっとコンパクトになったかもしれないが、あいにく突発旅にそんな準備はない。

彼は恐縮するまひろに向かって「ぜんぜんです」と明るく笑み、軽々と荷を持って暖簾をくぐる。

なかはロッジ風になっていて、小さなキッチンのついたカウンターのほか、いくつかのテーブルがならんでいた。ちょっとした書架もある。

いずれも年季が入って濃い飴《あめ》色になり、落ち着いた雰囲気があった。

飾られた古いこけしや赤べこがいい味を出しているなか、白髪の男性がひとりコーヒーを飲んでいる姿がある。

「一階は軽食を出す喫茶もやっていて、泊まりの方の食堂もこちらになっています。夜はお酒もお出しできますよ。部屋は二階の和室。まずはかけて待っていてください」

そう説明してからまひろの荷物を一席におろすと、カウンターの奥から用紙を持ってもどってくる。名前や連絡先を記名するだけの紙だ。

記入するあいだ、ふとテーブルにあった喫茶メニューが目についた。

『春の山菜あります。お気軽にお申しつけください』

コーヒー、紅茶、ホットサンドなどの簡易的なメニューの横に、そう書かれたカードが目立つように貼られている。

これは山菜を売っているのか、それとも軽食に山菜のメニューがあるのか、どちらなのだろう？　疑問に思ったせいか、妙に気になった。

軽食喫茶に来店して、山菜を買って帰るなんてことはたぶんないだろう。ならばメニューだが、山菜と言えばせいぜい天ぷらくらいしか思いつかないまひろとしては、山菜は果たして軽食喫茶で出されるメニューなのかという疑問も残る。

軽く首をかしげながら、書き終えた。

宿の人は用紙を受け取るとざっと確認し、人好きのする笑みを浮かべた。

「あらためまして、ようこそ。民宿『ほしみ』の星時雨《ほししぐれ》です。奥にいるのがお袋」

時雨と名乗った彼がカウンターの奥に声をかけると、明るそうなお母さんが間仕切りの奥から顔を出した。

「いらっしゃい、遠いとこからよく来てけやったな！」

東北らしいしゃべり方で、笑顔であいさつをしてくれる。

まひろの母親と同年齢くらいだろう。奥で夕食の準備をしているらしく、手が離せないとのことだ。

「まあこんな感じで、お袋と俺のふたりでやってる小さな民宿です。行き届いたおもてなしはできませんけど、田舎の親戚の家に泊まりにきたような気持ちで、のんびりくつろいでもらえたらうれしいです」

言って、時雨は笑む。

その笑みがとても温かくて、まひろもつられて微笑《ほほえ》んだ。

そばで見ると、時雨は目鼻立ちがくっきりとしており、締まった体つきをしていた。まひろの苦手なタイプとも思えたが、それでも怖いという印象を与えないのは、しゃべり口や物腰がとても穏やかで優しいからか。

「なんだお嬢ちゃん。ひとり旅か？」

とつぜん声をかけてきたのは、コーヒーを飲んでいた白髪の男性だ。体ごと横向きになって、いつのまにかこちらを向いている。

「珍しなぁ。スキーシーズンでも山登りシーズンでもねえのに。かといって釣りなんてしそうにねえしな」

そういう男性は、多機能ポケットのついたベストを着ていて、いかにも釣り人といった様子だ。イントネーションからして、地元の人だろうか。

「星さん、いまは女性のひとり旅なんて珍しくないですよ。牛丼屋にだってひとりで行くし、焼き肉だってひとりで行ける時代です。女性が好きなときに好きな場所に行く時代なんで、ほっといてください」

どう答えたものかとまごつくまひろの代わりに、時雨がぴしゃりと答える。

「ああたしかに。うちのかかぁも俺を置いてどっか行ってるわ」

「釣りばっかしてるからですよ。あんまり女性にプライベートな質問するようなら、セクハラしてたって奥さんに言いつけますからね。失礼です」

「おいおい、そんなつもりじゃ……」

常連客のようだが、時雨が思いのほかガツンと叱るので驚いた。

星さんは顔を青くして、あわてたように謝罪する。

「いや、不愉快だったら悪りぃな。楽しんでってくれればいいと思っただけなんだ」

「大丈夫です。じつは、只見へはちょっぴりデトックスに」

つい愛想笑いで返すと、「デトックス？」と星さんは目を丸くする。

しまった、と思った。これは『デトックスとはなにか』なる、面倒な説明が必要になるパターンか。

まひろは内心身構えたけれど、星さんは「あぁ」とひとりで解決してくれたようだった。

「最近お役所が、あちこちで宣伝してるあなだな。なんだったかな、あれだ、昔は『命の洗濯』っつったあなだ」

途中ちょっと聞き取れないところもあったが、命の洗濯。なるほど、いい言葉だ。

「只見でゆっくり洗ってってけやれ！」

「ありがとうございます」

ゆっくりしていってくれ、ではなく、ゆっくり洗っていってくれ、という物言いがなんだかいいなと思う。

「はいはい、じゃあ槍沢さん、部屋に案内しますね」

星さんはなおもなにか話したそうだったけれど、時雨がさっさと切り上げて荷物を持ってくれる。

「……もしかして、ご親戚でしたか？」

離れてから、そっと尋ねる。

星という苗字《みようじ》はたしか、時雨と同じだ。

「ちがいます。あのひとは近所のおっちゃんで。すみません、いいひとなんで悪気はないんですけど」

「大丈夫です、お気になさらず」

星さんとふたりきりの会話なら、上手く捌《さば》けずに嫌な方向に進んだかもしれない。だが、時雨がきちんと間に入ってくれた。おかげで印象はそう悪くない。

「そうですか、ならよかったです」

時雨が恐縮するように言い、それから階段を上がる。

「トイレは男女別で上と下の二か所、お風呂は下に共同のものがひとつ。町には日帰り浴場がありますし、ちょっと離れたところには温泉もあります。下のカウンターに町の地図がありますから、よかったらぜひ」

二階で案内されたのは、こぢんまりとした和室だった。テレビと座卓、お茶セットが用意されている。

「ストーブ……」

部屋の隅に鎮座する暖房には、思わず目を丸くした。正確には石油ファンヒーターというやつだ。

「まだいりますか？　けっこう暖かいと思うんですけど」

「日中はいいですけど、朝晩はやっぱり冷えます。それに雪国の人間ほど寒いのが嫌いなんですよ。厚着をするより暖房をつけるクセがあるので、必要です。槍沢さんも遠慮なく使ってください。ただ火事にだけは気をつけて」

「エアコンもあるみたいですけど」

「エアコンはすぐ暖かくならないでしょう。火力も足りないです」

そりゃ火じゃないからなあと思いつつ、あいまいに頷《うなず》く。

そういえば、北海道では冬に暖房をガンガン焚《た》いて部屋を常夏にするという話を聞いたことがあるけれど、それに近い感じなのだろうか？

「あと、従業員さん」

「呼びにくいでしょう、時雨でいいです。苗字で『星さん』って呼んでくれる方もいるんですけど、お袋も星ですし、さっきのおっちゃんも星でしたよね。近所にちらほらいて、会津地方では多い姓なんですよね」

いやでも、お宿の方を名前で呼ぶのはちょっと……と思ったが、考えてみれば民宿の息子さんに「従業員さん」呼びもなんだか変な話だ。

若旦那？　支配人？　いやいやこれもなにかちがうのでは。

まじめに考えると、答えが出なくて困った。

親戚の家に泊まりに来た感覚でとも言われたし、ここは意固地にならず郷に従っておくべきか。

「じゃあ……時雨さん」

少し警戒しながら呼んでみた。「はい」と答える時雨の表情に下心は見えなかったので、ひとまず安心する。

それにこうして話をする間も、時雨は部屋のドアから二歩ほど外に立ってくれていた。自分よりも大きな男性が部屋に入ってきたら恐怖でしかないので、ありがたい。

向こうも気を遣っているのか、きちんと脇に逃げ道を空けてくれているのも好感ポイントだった。

「ええと、ネットで調べたとき、タイムロッキングコンテナの貸し出しがあるって見たんですけど」

「ええ。部屋置きのものと、鍵付きのボックスに入れてカウンター内でお預かりするのと、二通りご用意しています」

まひろがこの民宿を選んだのには、理由がふたつある。

きちんと内鍵がかかる個室であった点と、このタイムロッキングコンテナの無料貸し出しがあった点だ。設定した時間、スマートフォンやゲームなどが取り出せなくなる、禁欲のためのグッズである。

まひろが出社しなくなって、ほぼひと月。したことと言えば酒を飲み、ひたすらスマホで時間を溶かすという爛れた生活だった。それも、溶かそうと思ったわけではなくて、いつのまにか溶けていた時間である。

我に返ればとんでもなくゾッとする話で、たぶん自分はスマホ依存に片足をつっこみかけているという自覚があった。

仕事をしていない時間を埋めるものがこれしかなかったというのも、もちろんある。会社という世界と切り離されて、だれかとつながる方法がスマホしかなかったせいもあるだろう。

　でもたぶん、健全じゃない。

　どうせデトックスするなら、いわゆるデジタルデトックスも試しておいて損はないと思うのだ。

「じゃあ、部屋置きので」

「ではあとでお届けに上がりますね」

　時雨は「失礼します」と断ってから部屋に入り荷物を置くと、そのまま退室していった。

　ひとりぽつんと和室に残ると、一息ついて荷ほどきの時間だ。

　とはいえ、洗面所などは共用であるし、取り立ててやることもない。

　本音を言えばもっといいホテルを取りたかったが、五月の連休中とあって、突発客が連泊するような空きがなかった。

　時期をずらせばよかったのだろうが、まひろは自分を取り巻く環境から一刻も早く逃げ出したかったのだ。だからあの観光誘致ＣＭを見た即日に予約した。突発も突発で、きのうのことである。たまたまキャンセルで空きがあったのは幸運だった。

「にしても、すごい田舎に来ちゃったなぁ」

　窓から外を眺める。

ものすごく近くにドカンと山がそびえていた。右を見ても左を見ても視界から山の稜線が途切れることがなく、切り立った山々のはざまで暮らす谷あいの集落といった雰囲気だ。

窓を開けると、涼やかな風が室内に滑り込んだ。

大きく深呼吸をすると清々《すがすが》しい。これが空気がおいしいというやつだろうか。

夕暮れのまちに、聴いたこともない鳥のさえずりが響いている。

（……これから、どうなっちゃうんだろう）

ぼうっとしていると、先行きへの不安が足もとから這《は》い上がる。

まひろはぶるりと震えて、窓を閉めた。風が冷たい。

とりあえずじゃあ、エアコンでも……。そう思ってスイッチを入れて驚いた。暖房設定温度が二十六度になっている。まひろのマンションではせいぜい二十度だ。

これで火力が足りないとは……。朝晩はそんなに寒くなるのだろうか。

気になって明日の朝の気温をスマートフォンで検索したら、三度。それは寒い。

来るときの陽気がよかったので甘く見ていた。そういえば残雪もあったのだった。

二十六度設定では電力消費もきっと馬鹿にならないだろう。どちらが得かはよくわからないが、そもそもストーブを勧められたのだからストーブをつけるのが正解か。

まひろは慣れないストーブの電源スイッチを入れ、これも二十二度だった設定温度を十八度に下げてから、座卓に突っ伏した。

和室なんてひさしぶりだ。社員旅行で旅館に泊まって以来だろうか。

それより前になると、就職してひとり暮らしをする前、母と暮らしていたころにまで遡るかもしれない。

（お母さん、どうしてるかな……）

まひろは物心ついたときから、母一人子一人の母子家庭だ。

母はいま都下に住んでいるけれど、便りがないのが元気な証《あかし》とばかりに連絡をほとんどとっていない。

解雇されてからは心細くて声が聞きたくもなったけれど、とつぜん用事もないのに電話なんてしようものなら、なにかあったとすぐに勘づかれてしまうだろう。それは嫌だった。

苦労をかけたぶん、心配をかけたくない。

（ちょうどいい具合に、なにか声を聴く口実でもないかな……）

電話をかけるのが自然に思ってもらえるような。

（只見にいることでも伝えてみようか。昔、夏休みに……あぁ、だめだ、だめだめ）

二十年ほど前の滞在は楽しかったという印象が強いが、まひろにはひとつだけ、ほろ苦く感じる思い出もある。母もそうでなかったとは言い切れない。

アイデアを打ち消して、天井を仰ぐ。

静かな部屋に、ピロン、とスマートフォンの通知音が響いた。

会社の同僚女子たち——いや、元同僚女子たちとのグループメッセージへの新着だ。

（どうせいつもの、『大丈夫？』『元気？』とかだろうなぁ）

ずんと気が重くなる。

まひろの解雇が決まって以来、頻繁に気遣いと心配のメッセージが送られてくるのだ。

それだけならまだしも、まひろの解雇は彼女たちにとってもよほど予想外だったようで、『元気出して？』のメッセージは、毎度必ずまひろの解雇理由について考察しあう流れに発展するのが定番だった。

グループ内ではじまる姦《かしま》しい噂話のやりとりは、正直、快いものではない。

それに彼女たちはきっとわかっていないだろう。

会社に残留できている立場から投げかけられる『大丈夫？』は、切り捨てられた人間にとって、ひどくみじめに思えるものだということを。

決してそれは『言葉のナイフ』ではない。悪意はないし、傷つけるために投げられたものではない。けれど、ナイフではなくとも、少なくともコンニャク程度には不愉快だった。

ぶつけられても痛くはない。汚れもしない。食べることだってできる。けれど、何個も何個も何個もぶつけられると、やっぱりしんどい。

しかも毎度毎度、どうしてグループメッセージでよこすのか。

個別によこすことは絶対にしないのも、なんだか腹が立つ。

女子の同情してますアピールにつかわれているみたいで、厭《いや》らしい。

(むしろほうっておいてほしい)

そう思いながらも、メッセージアプリを開く。

このアプリの怖いところは、メッセージに対する既読の数が表示されてしまうところだ。

これは無言の強迫に似ている。

きちんと既読の数がメンバーの数満了となるように参加しなくてはならないし、スルーしていないアピールとして、タイミングを見計らいつつスタンプを返さなくてはならない。

もはやこの世の義務である。

まひろは諦念で新着メッセージを表示して、表情を凍らせた。

『相田《あいだ》さん、残留決定らしいよ』

心臓がどっどっと音を立てる。

相田さん、相田みか。いつも髪をゆるっとくるりんぱにした、可愛らしい若手社員。まひろの指導下で働いていた子で、やる気はあるけれどもミスが多く、そしてとにかく欠勤の多い子だった。

相田さんのミスをずっと補ってきたのはまひろだったので、まひろが切られたならば相田さんも時間の問題だと、みんなも言っていた。それが、残留決定？

ピロン、ピロンと音を立てて、つぎつぎにメッセージが新着する。

『なんで？　ありえなくない？』

『しかも伊ケ崎《いがさき》部長とつきあってるって話もあるんだけど』

『まじか。歳の差すぎない？』

『まあ独身だし。でも、だからか』

――だからか？

どっどっどっど、いやな動悸《どうき》が止まらない。

まひろは座卓に突っ伏した。乾いた笑いが漏れる。

バリバリ仕事に打ち込んできたとか、無遅刻無欠勤とか、仕事が速くて正確だとか、そんなこと、なにひとつ評価されなかった。

大事だったのは、若さと可愛さ、そしてコネだ。

まひろにはなにひとつ持ち得ないもの。

「信じてたのになぁ……」

上司の伊ケ崎は、仕事にとても真摯なひとで、そういう背中をまひろはとても尊敬していた。

尊敬は同時に恋心になっていたし、だからこそ、クビ切り通告なんてつらいことをしなければならない伊ケ崎のメンタルを、逆に心配もしていたのだ。

でもそんなものはぜんぶ、まひろの独りよがりに過ぎなかった。

（……頑張ってきたことって、ぜんぶムダだったのかな）

ムダなことをただただ頑張って、二十九歳。無職。独身。

いままでのこと、これからのことを思うと、なにか苦しいほどの感情の塊が胸につかえて、それがひどく重い。

体全体がもはや鉛のようにも思えて、まひろは座布団に突っ伏した。

メッセージアプリはいまだに新着を告げている。

『槍沢さん大丈夫？』

『まひちゃんかわいそう』

そんな文字が見えて、咄嗟《とっさ》にスマホを放り投げた。

（やめて。やめてよ！　結局みんな勝ち組じゃない！）

まひろを蹴落として、会社残留を得た勝ち組。

そしてみんな結婚して、子供を産んで、家庭を持っているという勝ち組でもある。

（あなたたちのなかに、わたし以上に仕事ができたひと、いる？）

（なんで残ってるの？　なんでわたしなの⁉）

大きな声で叫んでしまいたい。

ぎゅっと座布団に顔を押しつける。

おかしいじゃない。おかしいじゃない。

なんで、まひろなのか。頑張ってきたのに。仕事だってバリバリこなしてきた。伊ケ崎はまひろのなにを見てきたのだろう。なにも見ていなかった。見ていたのは、若くてかわいい相田さんだ。仕事のできない相田さん。

同僚たちだってまひろを「かわいそう」と言いながらも、なにもしない。だれも手を差し伸べない。崖下のまひろとともに転落するのが怖いから。安全な高みから、うわべだけの「かわいそう」を垂れ流す。

「うぅ……っ」

つらくて苦しくて、たまらない。

胸につかえている感情の塊は、毒だ。毒を吐きかけたくてたまらない。無数の針を持った毒。だれかを傷つけようとする毒の針。

「――あの」

こんこん、と控えめなノックが響く。時雨だ。

「遅くなってすみません。タイムロッキングコンテナ持ってきました」

「……はい」

あわてて顔をこする。

泣いていないことを確認して応対に出た。

「それでサイズが二種類あって――え、と、……大丈夫ですか？」

まひろを見て、時雨は面食らったようだった。

泣いてはいなくても、きっとひどい顔をしていたのだろう。

「すみません。ちょっと疲れていて」

「お疲れのところ、すみません」

「コンテナですけど、やっぱり預かってもらうほうでもいいですか？」

「え、あ、はい。大丈夫です。じゃあ急いでボックスを持ってきますから――」

困惑しながらも対応してくれようとする時雨を、「待って」と呼び止めた。

「すみませんけど、このままお願いします」

スマホを時雨に向かって突き出す。

「え……？」

「鍵とかも、あとでいいです。いまは静かになりたくて」

スマホからは、アプリ通話の着信音が流れていた。元同僚からだ。きっといつまでも返信しないまひろにしびれを切らしたのだろう。――ちがう。しびれを切らしたわけじゃない。心配しているのだろう。こんなところが、もうダメだ。

「ほんと、ダメです。わたし。すごくいやなやつ」

電源を落とそうとして、躊躇《ちゅうちょ》する。

さすがにそこまではっきりと拒絶する勇気はなかった。

サイレントモードに切り替えて、再度差し出す。

時雨はしばらくためらったあと、覚悟を決めたように両手で受け取った。

「わかりました。ではお預かりします。きちんとボックスに入れて鍵をかけますから、安心してください」

「ありがとうございます」

「あと、すみません、さっき聞くのを忘れていて……お食事は六時半で大丈夫でしたか？」

食事……まひろもすっかり忘れていた。

お昼も食べていないけれど、気が塞いでいるせいか食欲がない。

「……六時半って、すぐですよね。わたしあまりおなかがすいてなくて。それに少し横になりたいんです」

申し訳ないなと思ったけれど、むしろ六時半に食事を出されてもほとんど残すことになるだろう。そのほうが悪い気がする。

恐縮して伝えたが、時雨は気を悪くするそぶりも見せず、「わかりました」と答えた。

「うち食事はけっこう自由がききますから、どうぞ遠慮なくおっしゃってください。あと、苦手な食べ物とかありますか？」

特にない、と答えかけて、ふと先ほど見た『春の山菜あります』の文字を思い出した。

「苦いものは、ちょっと」

嫌いではないけれど、でもこんな苦い思いでいっぱいのときに、あえて苦いものを食べる必要はないと思う。苦いのは人生だけで十分だ。

時雨がいなくなってから、まひろは崩れるように横になった。

あんな預けかた、セキュリティ上よくはないだろう。けれど、思い切って手放してしまえば、スマートフォンが手もとにないことは、まひろをひどく安堵《あんど》させた。

（……ほんとに、すごく静か）

そして、すごく疲れている。

泣きたいのに、驚くほど穏やかな眠気がまひろを包んでいった。

＊

スマホがなければまひろを起こすものもない。

そんな単純なことをすっかり失念していた。

（――ハッ！　いま何時⁉）

飛び起きて、しまったと焦る。

ここひと月ほどはずっと眠りも浅くて、メッセージや動画などの通知音で起こされることが多かったから、油断していた。

いつの間にかストーブも停止していて部屋のなかはすでに真っ暗だ。

無意識に手探りでスマートフォンを探し、そんな自分に気がついて苦笑する。ちがう。

探すのは電気のスイッチだ。

なじみのない部屋の電気を四苦八苦しながらなんとかつけて、腕時計を確認する。

スマホがあるのに腕時計っていります？——相田さんにそんなことを言われたのを思い出して一瞬苦い思いが湧いたが、それどころではないと部屋を飛び出した。

（わたしのばか！　十時って……）

宿の人は、ずっとまひろの食事時間を気にして待っているのだろうか。それともせっかく用意してくれた料理がテーブルでずっと放置されているのだろうか。

どちらにしても申しわけない。

転がるように階下に下りると、一階はオレンジ色の温かみのある明かりに包まれていた。オイルランプだ。

テーブルに置かれた古めかしいオイルランプ、それと瓢簞《ひょうたん》細工のランプが灯《とも》され、あたりを柔らかく照らしている。

テーブルの一角では、釣り客らしき男たちが酒を飲み、釣果について談笑しているのが見えた。そのそばにはとろ火で焚かれた円筒形のストーブが、暖房だけでなく明かりのひとつとして仲間入りしている。

「——お食事、とれそうですか？」

落ち着いた優しい声音で尋ねたのは、カウンター内にいた時雨だった。

こんな時間まで爆睡していたまひろを非難するでもなく、迷惑がるそぶりも見せず、ただ安堵したように目を細めた。

「八時ごろにノックしたんですけど、よく眠っていたようだったので。疲れていた様子でしたし、無理に起こすのも忍びなくて」

「すみません、おそくなって……」

「ゆっくりしてもらうための宿ですから、好きなようにのんびりしてください。布団は敷きましたか？」

「あ、まだです」

まひろが答えると、「じゃあ敷いてくっかい」と奥からひょっこりと女将さんが姿を現す。目鼻立ちがはっきりとしていて時雨そっくりな顔だが、とても快活そうな女将さんだ。

「歯ブラシとかも出しとくよ。タオルは要っかい？」

「フェイスタオルだけ貸していただければ」

女将さんはオッケーオッケーと答えながら、階段を景気よく上っていく。

その背を見送ってから、まひろは時雨にうながされてカウンターの席に着いた。

「えっと、ごはんの献立って何ですか？　あんまり食欲がなくて……」

引きこもってからというもの、ずっとそうだ。

たいしておなかはすかないし、なにかを口にしても、のどにつかえるような感覚がして食べきることができないでいる。

ストレスだろうな、と他人事のように思う。

そのストレス発散に酒を飲み、つまみとして脂っこいもの、しょっぱいものを食べて、さらに胃が荒れる。悪循環だ。

「今夜はイワナのあんかけを中心に、白和《しらあ》えなどの副菜が――」

まひろは聞いている途中でゆるく首を振った。

「ごめんなさい。お味噌《みそ》汁とか、そういったものくらいしか食べられそうにないです」

食事時間を遅らせた上に、わがままを言っている自覚はあった。

まひろのために用意しておいてくれた食材を無駄にしてしまうかもしれない。

でも、かといってフルメニューで出してもらっても、やはり無駄にしてしまうだろう。

のどを通りそうにない。

（迷惑な客……）

自己嫌悪で、いっそう胃が重い。

けれども時雨はいやな顔ひとつせず、それどころかとても嬉《うれ》しそうににっこりと笑う。

「じゃあ味噌汁つくりますね」

「つくる……って、いまからですか？」

包丁を手にした時雨に、まひろは目を丸くした。

てっきり温めるだけかと思っていた。

「待たせることになってすみません。ここに着いたときから顔色がよくないのはわかっていたので、槍沢さんのぶんはきちんと伺ってからつくるつもりだったんです。おかゆが食べたいって言うかもしれないし」

「そんなの、めちゃくちゃ非効率じゃ……」

「効率はまあ悪いですね」

時雨はちょっと困ったように言って、眉を下げた。

「食べきれないほどのご馳走《ちそう》でのもてなしもありだと思うんですけど、あれって案外、満腹で残すほうもつらいっていうか、気を遣うでしょう。もちろん捨てるほうもつらいですし。槍沢さんの場合、ああ、きっと食べられないんだろうなぁって様子だったので」

「そんな、いかにもな顔してましたか」

「してました。ひとり旅でこんなところにまで来て、しかもスマホを預けてしまうような人は、だいたいみんなそうですけども」

まひろのほかにもいるのか。そう思うと、少しだけ気が楽になる。

まぶしすぎず、ほど良い暗さも備えたランプの明かりは、とても心を落ち着かせた。

時雨は手際よくジャガイモの皮を剝《む》き、一口大に切って小鍋に投入する。ぼんやりとそれを眺めていたまひろは、つぎに時雨が取り出したものに「ん？」と目を瞬《しばた》いた。

（軍手？）

どこからどう見ても軍手だ。味噌汁をつくるのに、なぜ軍手。

不思議に思っていると、調理台の下からザルに入った野菜を取り出す。その野菜にも、首をかしげた。

（なんだろう。見たことのない葉物。しかも、トゲがすごい）

一見してなんだかわからない葉物は、なんとなくシソに似た雰囲気の葉っぱを持ち、茎にはびっしりと細かなトゲをはやしていた。

時雨はその触れるな危険と思われる茎を、軍手をはめた手でむんずと摑《つか》む。

「だから軍手……」

「これ、刺さるといつまでもビリビリして痛いんですよ。おいしいんですけど」

さっと洗い、汚れた葉をよけて、まな板に寝かせる。手のひらほどの、丈の短い葉物だ。

「もしかして、山菜ですか？」

「はい。あ、これは苦くないから大丈夫ですよ。クセもないです。ミヤマイラクサ、アイコって呼ぶ地域が多いのかな。この辺じゃエラっていって、山菜の女王なんて呼ばれたりもします」

まあ女王はたくさんいるんですけど、と時雨は笑う。

「ジャガイモとの相性が抜群なんで、ぜひ食べてほしくて」

正直、気は進まなかった。

山菜と言えば聞こえはいいが、まひろからすれば食べたことのない謎の草だ。味の想像もつかないので困る。

かといって、こんな時間に料理をさせておいて文句を言うほど厚かましくもなれない。

じっと見ていると、細かいトゲばかりが目についた。

「なんか、攻撃的な山菜ですね」

トゲトゲ、チクチクしていて、いやな感じだ。

いまのわたしにそっくり。そうつぶやくと、「そんなことないです」と時雨は否定して、山菜の葉を大きく刻む。

菜切り包丁が木のまな板を打つ、とんとんとんという音が耳にとても心地いい。

「これは人を傷つけるトゲじゃなくて、自分自身を守るためのものです。もし似ていると言うのなら、まひろさんもそうなんじゃないですか？」

「そんなことないです。わたし、だれかを攻撃したくてたまらない」

相田さんもクビになればいい。心の隅でずっとそう思っていた。むしろクビにならないのはおかしいと。

それに元同僚たちとメッセージのやり取りをしていると、苛立《いらだ》ちが募る。大丈夫？　と気遣われるたびに、ふざけるなと思った。

なんであなたたちじゃなく、わたしなのか。ふざけるな——きっと、そう罵《ののし》りたくてたまらない。胸のなかは彼女たちを攻撃しようとする毒針だらけだ。

「でもそうしたくないから、こんな山奥にひとりでやってきたんじゃないですか？　スマホまで遠ざけて」

「……」

わからない。

「……なんか、すごく疲れちゃったんです」

「疲れるのはがんばったからですよ。体もそうですし、心だってそうです」

「がんばっても、報われませんでした。評価してもらえなかった」

「それは……つらいですよね」

労《いたわ》りのこもった声と表情だった。やさしくて、よけいに胸がつまって苦しい。

両手で顔を覆い、カウンターに伏すようにして肘をつく。

お待たせしましたと出されたのは味噌汁だ。でも、顔があげられない。

「あと、これを」

時雨が言って、味噌汁の横にそっとなにかを置く。

視界の隅に見えたのは、小さな鍵だ。

「スマホをお預かりしているボックスの鍵です。お渡しするのが遅くなってすみません」

「いえ」

どうせまひろが寝ていたせいだ。むしろ、起こさないようにと気を遣ってもらっている。

まひろは受けとった鍵をじっと見た。スマートフォンはしばらく預けたままでいいだろう。溜まっているメッセージを見るのが怖いし、まひろもついに溜まりに溜まった毒を彼女たちめがけて吐き出してしまうかもしれない。

鍵をスキニーのポケットにねじ込んで、顔をあげる。

漆塗りのお椀《わん》からは、ほかほかの湯気があがっていた。

「ジャガイモとエラの味噌汁です」

引き寄せると、温かな湯気とともに、味噌の香りがふわりと鼻先に漂う。

なんだかほっとする匂いだ。

「疲れたとき、デジタルデトックスもいいですけど、体のデトックスもとても大事だと思いますよ」

急になんだろうと思ったが、さきほどまひろが「すごく疲れた」と言ったからか。

「山菜にはビタミンCやポリフェノールが豊富に含まれています。どちらも強い抗酸化作用を持っていますし、ポリフェノールには血行促進や代謝促進の作用もあります。こうした山菜料理はデトックスの優等生なんですよ」

穏やかな声を聴きながら、まひろはおそるおそるお椀を手に取った。

やはりいい匂いだ。自然と唾液が出てきて、そうか、おなかが空いていたのかと気がついた。空腹を感じなくても、体は水分と栄養を求めていたのだ。

味噌汁に、そっと口をつける。

やさしい出汁だ。顆粒《かりゅう》なのは見ていたけれど、やはり日本人だからか、舌にじわりと染みるようなうまみと安堵を感じる。すこし崩れて溶けたジャガイモも、味噌の塩気をまろやかにしてくれていた。

そういえば、手づくりの味噌汁なんていつぶりだろう。

ほっくりしたジャガイモをあじわい、それからおそるおそるエラを箸でつまんで、意を決してぱくっと口に入れる。

「……あれ、痛くない」

　エラはトゲがなくなっているばかりか、ほんとうに苦みもクセもなくて、ちょっぴりアスパラに似たような風味と、ほのかな甘みを感じる。それが、おつゆを吸ったほっくりジャガイモとよく合った。

「おいしい……」

　はじめて食べるのになにか懐かしみを感じるような、とても心が温まる味だ。

「ふしぎ。見た目はあんなにチクチクしていたのに、いまは口当たりもすごくやさしいです」

「エラのトゲはいつまでもあるわけじゃありません。収穫してから日がたてば消えるし、新鮮であっても湯がけば溶けます」

「……わたしもそうなればいいのに」

　胸のなかにわだかまる塊も、日がたてば消えればいい。のんびり湯につかって、元同僚たちに当たり散らそうとする針のような感情も溶けてしまったらいい。そんなふうに思う。

「大丈夫ですよ」

　時雨はただ、穏やかに微笑む。

　背が高く、締まった体つきをした時雨が見せるその笑みは、豪雪地帯でしなやかに伸びる柔軟な樹を思わせた。強くてたしかな包容力を感じる。

なにも知らないくせに――そう思ったのに、口はちがう言葉を紡いでいた。

「……悔しいんです。わたし」

くしゃりと顔がゆがむ。

鼻の奥がつんとして、目頭がじわっと熱くなった。

「勤めていた会社で人員整理があって、まさか自分が選ばれるなんて、これっぽっちも思ってなくて、それなのに、選ばれて……っ」

こらえ切れず、まぶたの下に溜まった涙がぽろぽろとこぼれた。

「あぁわたし、その程度の人間だったんだって思ったら、つらくって……!」

ハンカチとティッシュが差し出された。

ひどい顔だったのだろうし、どちらも持ち歩いていなかったことも恥ずかしい。

「やだな、わたし……すみません。絡むつもりじゃなかったんですけど。しかも今日会ったばかりのひとに、こんなプライベートで重い身の上話……ばかみたい」

「そうですか？　会ったばかりのどうでもいい他人だからこそ、言えることもあると思いますよ」

たしかにこんなこと、とても母には話せない。

「吐き出せるものは、吐き出してしまったほうがいいです。『気が塞ぐ』って言葉がありますけど、つらい気持ちになると胸のあたりがなにかつっかえるような感覚がするでしょう？　ほんとうに、暗鬱な気持ちが胸や胃のあたりを塞いじゃうんですよね」

だから食欲がないでしょう？　そう問われて、たしかにと思う。ずっと胸のあたりが重くて食欲がない。

「だから、出しちゃうといいです。胸のなかの毒を吐いてしまうのもデトックスですよ」

「デトックス……」

そうだ。まひろはデトックスに来たのだ。心と体のデトックス。

鼻をかんで涙を拭いて、それから味噌汁を一口。

エラの味噌汁はやさしくて温かくて、気が緩んだのか、さらに涙があふれてくる。

「……心のどこかではわかってるんです。みんな結婚してるし、家族がいるひとが切られたら大変だろうって。わたしは独身だから、被害はわたしひとりで済むんだろうって。伊ケ崎さんは……上司は責任感の強いひとだから、きっとそういう選択をしたんだろうって」

相田さんを除けば、残ったのは養うべき家族がいるひとたちだ。路頭に迷わせるわけにはいかないと、そう伊ケ崎は判断したのだろう。きっとまちがってない。

「でも、でもですよ。たしかにわたしは独身だし、養う子どももいません。でもだからって……。わたしだって、頑張ってきたのに……雨の日も風の日も必死に働いてきたのにっ！」

事情がわかっていても悔しい。

どうしても悔しくて、心のなかを整理することができずにいる。

「独身なら、切り捨ててもいいんですか？　産休になった後輩の穴埋めをして、子どもが熱を出して早退したワーママのぶんも残業してきたんです！　それなのにっ！　それなのに……こんなのって……！」

きっと相田さんにも、親族を養っているだとか、たぶんなにかまひろが知らない事情があったのだろう。もしかしたら噂されている通り、伊ケ崎が自分の彼女だからという理由で守っただけかもしれないが。

どちらにしろ彼女は守られる側で、まひろはそうじゃなかった。

社員としても女としても、価値がないと言われたようで、それがなにより一番つらい。

「誕生日だったんです。わたしにとってちょっと特別な日だったんです」

おめでとう。うわべだけでもそんな言葉が欲しい日だった。

なのに、好きなひとから出た言葉は『お前が一番要らないよ』と同然で。

　あのときをふり返ると、ぼろぼろぼろぼろ、涙が止まらない。

　その傷の深さに、ああけっこう本気で好きだったんだななんて、いまさらながらに痛感する。

「上司のことも、もう、だいっきらいです！　好きだったけど、だいっきらい！」

　しん、と場が静まり返った。

　酒飲みが管《くだ》を巻いているみたいだ。視線が集まっているのがわかる。

　我に返ったらめちゃくちゃ恥ずかしくて、頬が熱くなる。これで素面《しらふ》なのだから、手に負えない。

「味噌汁、お代わりいりませんか？」

「……え？」

「吐くものを吐いたら、おなかが空いたでしょう？」

　時雨は終始、ただ黙って聞いていただけだった。自分の意見はなにひとつ言わなかった。

　けれど、不思議と嫌な気持ちにはならなかった。それでいい、という思いがある。

　きちんと聴いて、受け止めてくれたのがわかるから。

（あぁ、わたしずっと、だれかに本音を聴いてほしかったんだ）

　あの日、上司に呼び出しを受けた日。頭を下げられたとき。ほんとうは、あのときに言えればよかったのだろう。

いい部下を演じたままだったから、だれにも本音を言えないまま、ただトゲトゲになった激しい感情だけが胸に滞ってしまった。

「……そうですね。お味噌汁、もう一杯いただけますか」

「ええ、たくさん食べて温まってくださいね」

時雨の声が、味噌汁が、温かくて優しくて、まひろは顔をくしゃくしゃにしながら涙をぬぐう。

ぬぐってもぬぐってもあふれてきて、感情が極まった。

あの日から、はじめてまひろは声を出して泣いた。

二話　今が旬のもみじ天ぷら

青い鳥って知ってる？

そう訊いてきた子は、すごくかっこいいベリーショート。はきはきして、物おじしなくて、憧れた。

――男の子？

訊いたまひろにまなじりを吊《つ》り上げて、その子は怒った。

――ちがうよ。髪が短いからって失礼だよ。

たしかにそうだ。ごめんなさい。

――知ってる？　青いチョウチョもいるんだよ。光るキノコもある。お父さんがブナの森に連れてってくれるって。みんなでいっしょにいこう！

民宿の子だ。下の子や近所の友達をいつも引き連れていて、まひろはそこに交じって、朝から晩までくたくたになるまで遊んだ。

──ほらほら、はやく！　置いてっちゃうから！

ただ、その子は足が速くて活発で、すぐにどこかへ見えなくなってしまう。

おねえちゃん、おねえちゃん。下の子が泣いて、まひろが負ぶって歩いたりもした。

すぐにその子はまひろに懐いて、まひろのこともおねえちゃんて呼んでくれたっけ。


おねえちゃん、おねえちゃん。

耳に残る、高くて可愛らしい声。

ベリーショートの女の子は、遅いんだから！　と頬を膨らませて手をふった。

まって、いまいく。……ちゃん──

*

「おはようございます」

「おはよう。よーく眠っちゃかい？」

翌朝、顔を洗って下りてきたまひろを、女将さんが笑顔で迎えてくれた。

時雨はほとんど訛《なま》りがないけれど、女将さんはいかにも東北らしいイントネーションだ。

あまり耳なじみがないけれど、なんだか遠くに旅に来たという実感がわく。

ホテルの折り目正しく慇懃《いんぎん》な接客もプロとして格好いいが、女将さんのように家族的な雰囲気も悪くない。

「ほらほら、どこでも座ってけやれ」

「じゃあ、カウンターで」

飴色の年季が入ったカウンター席に着く。

カウンター内にはミニキッチンがあるけれど、朝食は間仕切りの向こうにある広い厨《ちゅう》房《ぼう》でつくって出しているようだ。時雨も間仕切りをくぐって出入りし、配膳をしている。

女将さんと時雨が出入りするたびに空気も動くからか、ふんわりとおいしい匂いが鼻をくすぐった。炊きたてごはんと味噌汁の香りだ。

テーブルは六席、うち四席が埋まっている。釣り客や残雪登山に来た高齢夫婦が主だった宿泊客のようだった。

昨晩も驚いたことだが、五月はじめだというのにストーブが現役である。円筒状の大きなストーブがひとつ、ヤカンを載せて赤々と点されていた。まひろも起きてから寒さに驚き、部屋でストーブのスイッチを入れている。たしかに、時雨が『エアコンでは火力が足りない』と評した気持ちもわからなくはない。

「おはようございます、槍沢さん」

時雨がまひろのぶんの朝食を運んでくる。

まひろは「おはようございます」と少し視線を外しつつ、あいさつを返した。

昨夜の醜態を思えばさすがに気恥ずかしくて、時雨の顔を正面から見ることができない。だというのに、当の時雨は怪訝《けげん》そうにまひろを窺《うかが》っている。いや、様子がおかしいから心配しているのか。

「……きのうは、ありがとうございました。泣き上戸の酔っ払いみたいな絡み方をしてしまって、すみません」

「いえ。スッキリしましたか？」

「はい、とても」

これは本音だ。

二十九にもなって、まさか赤の他人の前でわんわん泣くだなんて思いもしなかったが、泣いて泣いて、温かい味噌汁でおなかを温めて寝たら爆睡で、寝起きは驚くほどさわやかだった。

寝なれない布団と、早朝から鳴くキョロロンキョロロンという謎のさえずりが、まひろのだらだら寝を許さなかったというのもあるかもしれない。

それでもとても軽やかな気分だ。

あまりに泣きすぎて目が腫れぼったくなっていたのには笑うしかなかったが、それはまたべつな話。

ようやく目を見て笑むと、時雨は安堵したように表情を柔らかくする。

「よかった」

「エラのお味噌汁も、とってもおいしかったです」

「そう言ってもらえるとうれしいです。朝もおなじくエラの味噌汁で、今度の相棒はジャガイモの代わりに豆腐です。ごはん少なめにしましたので、もしもっと食べられそうなら遠慮なくお代わりしてください」

配膳されたのは、ごはんと味噌汁、ワラビだかゼンマイだか、いかにも山菜っぽいものの小鉢、魚の塩焼き、出汁巻き卵だ。

「すごい、ごはんがピカピカですね……！」

お茶碗をのぞいて、思わず感嘆してしまう。

お米一粒一粒がふっくらと立っていて、つやつやと輝いている。

ひとり暮らしが長いせいか、炊きたてのごはんを食べるのも久しぶりだった。ここひと月にいたっては話にもならない。

「只見米のコシヒカリです。ここ只見は豪雪地帯で、その雪解け水で米を育てているんです。しかも豊かなブナの森が濾過《ろか》してくれた水ですから、ミネラル豊富でとてもきれいなんです。いい水でつくったお米はおいしいですよ」

時雨が言うと、脇を通りかかった女将さんが、「んだよ」とうなずく。んだよ、は「そうだよ」だ。これくらいはまひろでもわかる。

「只見のコシヒカリは、『お米食味ランキング』っつうので特Aランクの常連なんだわ」

女将さんは誇らしげだ。

自信が見て取れて、味への期待が高まる。

「いただきます」

手を合わせて箸をとる。

なんだろう、匂いだけですでにおなかがペコペコだ。ずっと食欲がなかったのに、今朝はきちんと食べられそうな気がする。

米かお汁かで迷ったが、まひろはまず味噌汁に箸をつけた。

あつあつなので、ふーふー吹いて冷ましてから、一口すする。

じんわりとした出汁の香りと味噌の風味が口いっぱいに広がって、はぁ、とため息が漏れた。やっぱりおいしい。

エラの葉は柔らかくて、なめらかな絹ごし豆腐ともとてもよく合った。時雨の「相棒」という表現はとてもしっくりとくる。

一息ついたところで、時雨とぱちりと目が合った。

どうですか？　と問いたそうな表情に思えたので、もちろん「おいしいです」と感想を述べる。

「それに、ジャガイモの甘さやとろみがないのに、きのうよりちょっとお汁が丸い味ですね。なんて表現したらいいんだろう、角がない？」

丸いも角がないも同じだ。自分の語彙のなさに絶望する。

けれども時雨には伝わったらしい。

「ああ、それは出汁のちがいです」

時雨は感心した様子だ。

「お出汁がちがうんですか？　煮干しか鰹節か、みたいに？」

「出汁を引いたか顆粒を使ったかのちがいですね」

言って、カウンターの下から削り節がつまった大きな袋を取り出して見せる。

「わざわざお出汁を引いているんですか」

「基本的にはお袋が、ですけどね。昨晩は時短しました、すみません」

「いえ、謝ってもらうようなことじゃないです」

焦って手を振る。

「ふつう、飲食店でもお出汁から引いてるところなんてあまりないと思います。手間だし、ごみも出るし」

「出汁がらは野菜くずとまとめてコンポストで堆肥になりますから、ごみにはならないんですよ」

なんでも、畑もやっているらしい。つっこんだことは訊けないが、もしかしたら民宿は期間営業で、農家との兼業なのかもしれないと想像した。

客に呼ばれた時雨がカウンターを離れたので、まひろはあらためてお茶碗を手に取る。見れば見るほどピカピカのお米だ。

「はふっ……」

口に運ぶとまだちょっと熱かったけれど、口の中で湯気とともに米の香りがふわっと広がる。もちもちとした粘りがあって、嚙めば嚙むほどに甘い。

(え、待って、これおかずいらない……!)

飲み込んでしまうとまた食べたくなって、白米が止まらない。

ごはん、ごはん、味噌汁の順で永遠に食べていられる気がする。

「その山菜、苦くないですよ」

カウンターにもどってきた時雨が、気遣わしげに言う。山菜がイヤで小鉢に箸をつけていないと思わせてしまったらしい。

「はい、大丈夫です。いただきます。ワラビ……ですよね？」

「はずれ。コゴミっていいます」

ぜんぜんちがった。

「これもエラみたいに苦みもクセもない山菜で、すごくあっさりとしています。さっと湯がいてサラダにしても食べられるし、もちろん天ぷらにしてもおいしいんですけど、今朝は浅漬けで出してみました」

山菜の浅漬けなんてはじめてだ。

箸でつまんだコゴミは鮮やかな緑色をしていて、先っちょがぐるぐると巻いて五百円玉くらいの渦巻きになっている。なんだか、『ザ・山菜！』といった形だ。

はじめて食べるものは、ちょっぴりどきどきする。

おそるおそる食べてみて、おお！　と思った。シャキシャキとした歯ごたえに、ほんの少しのとろみ。浅漬けであるせいか、あっさりとした味だ。鮮やかな色合いから連想させる青臭さはみじんもない。これはごはんに合う！

すかさずごはんを追いかけるように投入し、じんわりと噛みしめた。

ああ、これぞ日本の朝ごはん！

コゴミ、コゴミ、ごはん、と調子に乗って食べ進めようとするまひろに、時雨はコホン、と小さく咳払《せきばら》いをする。

「もしよかったら、ほかの山菜もいかがですか？　ちょっぴりほろ苦いんですが」

まひろが「苦いものは食べたくない」と言ったから、抜いてあったらしい。

少し考えてから、まひろはうなずいた。

「もらってもいいですか？　食べてみようと思います」

「よかった。じつは山菜の苦みや独特の風味にこそ、強いデトックス作用のある成分が含まれているんです。苦いと言っても少しほろ苦い程度ですし、安心してください」

苦みや香りはポリフェノールによるものらしい。

これが代謝を高めて血行をよくしたり、胃腸の働きを促進したりして体内をデトックスに導いてくれるとのこと。昨夜も聞きかじったが、まるで薬草だ。

「山菜ってすごいんですね」

「とくにいまは芽吹きの生命力にあふれていますからね」

そうか、春の山菜とは生命力を食べるものなのか。そんなふうに納得する。

さて、まずお盆に加えられたのが、具だくさんのおかず味噌だ。

「フキ味噌です。天然物のフキノトウは栽培物よりも苦みがありますけど、そのぶん甘みと深い味わいがありますし、なによりポリフェノールの量が段違いです。うちはこれに刻んだ鬼クルミを加えてさらに食感と香ばしさを出してます。ごはんのお供にぜひどうぞ」

フキノトウなら知っている。

天ぷらも食べたことがあるし、そもそもきのうは気分的にいやだなと思っただけで、苦いものが食べられないわけではない。あまり好んで食べたことはないけれど。

よし、とまひろはフキ味噌をごはんにのせて食べてみる。

まず鼻を抜けたのは味噌の香りとフキノトウの香り。そして噛むほどにフキノトウの香味を強く含んだほろ苦さが広がる。

クルミは食感をよくしているだけでなく、濃厚な甘み、そしてフキノトウに負けない風味を出していた。

（ああ、これもごはんに合う！）

じんと味わっているあいだに、もうひとつ小鉢が追加される。

「コシアブラの中華和えです」

「コシアブラ？」

「エラと同じで山菜の女王なんて呼ばれたりもする、けっこう人気のある山菜です」

エラと同じなら、と躊躇《ためら》いなくひょいぱくと口に入れる。

シャキシャキとした歯ごたえと、エラにはなかったほんのりとした苦み、それをしのぐ深いコクを感じる。これもごはんによく合う！

箸が止まらずもぐもぐ食べて、ハッとした。

……白米を完食している。

「どうしました？」

急に箸を止めて動かなくなったまひろを、心配そうに時雨がうかがう。

「いえ……なんかけっこう食べられてるなって、自分でも驚いて」

胃腸の働きを促進させる効果があるとのことだが、まだ効果を発揮するには早すぎる。

単純においしいからか。

それに、きのうまでずっと胸を塞いでいた重い塊が、今朝はないせいかもしれない。

「昨夜、いろいろ聴いてもらったおかげですね」

吐き出して、思い切り泣いて、スッキリした。

それに、東京を遠く離れて開放的になったからかもしれない。なにか憑《つ》き物が落ちたような感覚だった。

そうですか、と時雨はうれしそうに目を細める。

「少しでも気持ちが軽くなってもらえたなら、よかったです。俺は聴くことしかできませんけど」

「そういう相手がいなかったので、助かります」

ボッチ宣言だけれど、事実だ。

少なくとも、まひろの周囲には本音を話せる相手がいなかった。

学生時代の友人は就職とともに縁遠くなってしまったし、長くつきあいがあった親友も、結婚式への招待を仕事優先で断ってからは疎遠になっていた。

元同僚たちなど当事者すぎて論外だし、母親には心配をかけられない。

逃げ込む先がなかったんだな、とあらためて思った。

もちろん、そんな貧相な人間関係しか築いてこなかったのは、ぜんぶまひろ自身の責任だ。

「いっぱい吐き出して、いっぱい食べてください。お代わりいかがですか？」

「じゃあ、すこしだけ。まだ出汁巻きもお魚もありますし。――鮎《あゆ》ですよね？」

あまり食べる機会のない魚だけれど、おいしいことは知っている。せっかくだからごはんと一緒にいただきたい。

ところが、時雨は楽しげに「残念」と笑った。

「はずれ。イワナです」

「イワナ……」

姿のイメージは浮かばないが、聞いたことはある。

「清流域に棲《す》む渓流魚です。天然物は谷の精霊とか、幻の魚なんて呼ばれたりもします。川魚ではウナギよりおいしいとも言われるんですよ」

「ウナギより!?」

「まあ、蒲焼《かばや》きにはどうしたって負けますけどね。あれはタレがすでにおいしいのでちょっと卑怯《ひきょう》です」

卑怯かどうかはさておき、がぜん興味が出た。

「水の良さで味が変わる魚で、只見を含む奥会津のイワナは絶品です。小ぶりのものをじっくりと焼いたので、骨も丸ごと食べられます。もし抵抗があるようなら、頭を落としてから食べるのでも。出汁巻きのほうは会津地鶏の卵を使っています。あまり卵を産まない鶏なので貴重なんですけど、今回たまたま手に入ったのでぜひ。黄身の風味がすごく濃厚なんです」

説明を添えて、ホカホカのごはんがよそわれる。

香ばしく焼かれた谷の精霊か、しっとり濃厚地鶏の出汁巻き卵か。どちらから食べるか、迷うプレゼンだ。

箸を構えて迷っていると、女将さんが奥から出てきた。「みなさーん」と宿泊客らに声をかける。

「行者《ぎょうじゃ》ニンニクです。こっちも食ってけやれ！」

抱えた大皿に、なにか料理が盛られている。

それを見て、時雨も人数分の小皿を手にカウンターを出た。

「さっき、いい行者ニンニクをもらったんですけど、それで肉巻きをつくったみたいです。よかったらどうぞ！」

行者ニンニクは山菜のなかでも人気らしく、宿泊客らから歓迎の声があがった。それを肴《さかな》に朝から飲もうという客もいる。

「槍沢さんもいかがですか？」

小皿を配っていた時雨が尋ねる。

「おいしそうですけど、ニンニクですよね……」

「ネギやニラの仲間で、たしかに強烈な香りはあります。でも朝から臭って許されるのは、田舎の滞在ならではかなと。満員電車にもバスにも乗らないでしょうし」

たしかに。

さっそく食べた客の「ごはんに合うー」という声が聞こえて、まひろは観念した。

「じゃあ、わたしもいただきます！」


結局、食べすぎた。

それでも後悔はない。なんだか久しぶりに欲望がこれでもかというほど満たされた気がする。

まひろは窮屈《きゅうくつ》になったおなかを抱えながら、サービスだという食後のコーヒーの香りを味わった。飲むにはまだ、おなかが苦しい。

まひろ以外にも一階の食堂でのんびりとくつろぐ宿泊客がいて、片づけのために奥に下がった女将さんの代わりに、時雨が彼らと談笑していた。

釣り客とは地元民だからこそ知るポイントの話、近くで開催される野鳥観察会への出席客とは鳥の話をしている。とくに滞在の目的がないまひろは、それらをなんとはなし、BGMがわりに聴いていた。

スマートフォンが手もとにないのは、なんだかへんな感じだ。

これまではこういうゆったりした時間を手持ち無沙汰だと感じ、つねに弄くっていた。周囲のだれもかれもが手もとを見つめていて、むしろスマホがないのはなにか恥ずかしいことのような、謎の強迫観念すらあったように思う。

思い切って手放してしまえば、一日というのはこんなに長いんだと痛感する。動画やSNSの巡回は、容易に時間を溶かしすぎた。

「よかったら、どうぞ」

カウンターにもどってきた時雨が、ぼんやりするまひろに観光パンフレットを差し出した。表紙に使われた緑豊かな水と森の風景が、文句なしに美しい。

「そういえば、温泉があるんでしたっけ」

「一番近いのが日帰り入浴施設の保養センターなんですが、まえに水害があって、その影響でいまは沸かし湯になっています。源泉かけ流しだと『むら湯』ですけど、ここからだとちょっと離れていますかね」

「源泉かけ流し……！」

いい響きだ。

昨夜はシャワーすら浴びていないし、源泉につかってのんびりするのもいいかもしれない。汗を流すのはいかにもデトックスだし、きのう星さんが言っていた『命の洗濯』的な感じがする。

車もあるし、少し足を延ばしてみようか。時間はありあまっている。

時雨が温泉までの簡易マップをくれたので釘づけになっていると、二階から宿泊客が下りてきた。

まひろの親くらいの年齢の夫婦だ。ザックを背負い、一目でこれからトレッキングに出るのだとわかる服装をしている。

恰幅《かっぷく》のいい旦那さんが、時雨に声をかけた。

「ちょっと出てくるね。夕方にはもどるから」

「まだ残雪がありますから、じゅうぶんお気をつけて」

「うん。ガイドを頼んだから大丈夫。今朝はずいぶん食べすぎたから、しっかり腹ごなしをしてこないと。なあ？」

「ほんとよお」

明るそうな奥さんが、困り顔でおなかをさする。

「ヘルシーなもの食べてるって思ったら、安心して食べすぎちゃったわ」

「お前なに言ってるんだ。米は炭水化物なんだから、二杯も食べればヘルシーは無効だろう」

ちなみにまひろは小盛で三杯食べた。ひと月ほど碌《ろく》なものを食べていなかったから、これこそ無効だと思いたい。

なお、お酒でカロリーをとっていたことは考えないものとする。

「うるさいわねぇ、もう。――ところで、夜のごはんはなにかしら？　山菜と言えば、やっぱり天ぷらが食べたいんだけれど」

（わかりますその気持ち！）

心の中で奥さんに全力で同意する。

山菜の味噌汁もいいけれど、オーソドックスに天ぷらでも味わいたい。

今朝のフキノトウだって、まずイメージするのは天ぷらだ。あとはタラの芽。タラの芽の天ぷらなら、山菜に疎いまひろだって知っている。

旦那さんが「だなぁ」とあごをさすると、時雨はちょっと得意そうに胸を張った。

「そうおっしゃると思って――というのは嘘ですが、今夜は山菜の天ぷらを予定しています」

「やった！」

思わず声に出して喜んで、まひろはあわてて口を押さえた。……恥ずかしい。

顔を赤くするまひろに、旦那さんは引くことなく「やっぱ天ぷらがなくっちゃなあ！」

と笑いかけてくれる。神か。

奥さんも喜んで、それからふと何かを思い出したように、「そうだ」と手を打った。

「この地域では、『もみじの天ぷら』って食べるかしら?」

時雨に訊いたのに、「もみじぃ?」と素っ頓狂な声をあげたのは旦那さんだ。

「もみじって、あの秋になると赤くなる、あのもみじか?」

「そうそれよ」

「あれは食べるもんじゃないだろう」

「それがね、あたしが小さいころの話なんだけど、田舎で『もみじの天ぷら』を食べたのよ」

「なんだそりゃ。聞いたことない」

「でも食べたの。あなたに言ってないから黙っててちょうだい」

ぴしゃりと言って、あらためて時雨のほうを向く。

「小学生のころよ。一年生か……それとも三年生だったか、とにかくそのくらい。おばあちゃんの家にひとりで預けられたことがあって、その時にね」

「一年生か三年生かだなんて、ずいぶん雑な記憶だなぁオイ」

旦那さんがまた口をはさむ。それをひと睨《にら》みで黙らせて、奥さんは当時を懐かしむように目を細めた。

「すごく心細くてさみしかったけれど、あの天ぷらはとってもおいしかったわ。……なんて、まあ正直なところ味はよく覚えていないんだけれど、それでも『おいしい』って言ったあたしに、『この味がわかるなんて大人だなぁ』っておばあちゃんが褒めてくれたのははっきり覚えてるの。『サチコは大人だから、良い子でお留守番ができて偉いんだなぁ』って、そう言って、とっても優しい顔で頭をなでてくれたのよ」

おばあちゃんはその後まもなくして亡くなったそうで、奥さんにとってその天ぷらは、優しかったおばあちゃんを偲《しの》ぶ大切な思い出となっているそうだ。

「おまえの婆さんって、千葉のか？」

「ううん、母方だったから秋田よ」

「へーえ、秋田ではもみじを食べるのか。なかなか風流だなぁ」

「黙ってて。まだつづきがあるの。――それでね、去年の秋の話。都内のお蕎麦屋さんで、天ぷらそばを頼んだのよ。そしたら真っ赤に紅葉したもみじを天ぷらにしたものが添えられていて、すごくうれしかったの。懐かしい！　って」

でも、と奥さんはわずかにうつむいた。

「食べたら、あれ？　って。こんなだったかしらって……」

友人と出かけた先でのことだという。

友人はお店の人に、「もみじって食べられるんですねえ」なんて感心して話しかけたそうだ。対してお店の人は、「それは季節を味わうための飾りで、味はしませんけどね」と返したという。

「たしかに、これといって味がしなかったのよ。もし過去に食べたことがなかったら、あたしも『乙だわぁ』なんて喜んだかもしれないんだけれど」

懐かしさで喜んだだけに、味の違和感にがっかりしたのだそうだ。

「秋田のもみじと東京のもみじとでは、種類が違ったのかしら……」

「なに言ってるんだ。そういうの、思い出補正って言うんだぞ。年を取ると昔のことはなんでも美化するっていうだろう。おまえがおばあさんになったたってだけのこと――うぐっ！」

奥さんに肘でどつかれて、旦那さんが黙る。

もしかしてと口をはさんだのは、先ほど時雨と釣りの話をしていた宿泊客だ。

釣り用のサングラスを磨いていた手を止めて、「それってお菓子とちがいます？」と言う。

「出張に行った同僚からもらったことがあるんですけど、大阪のどこかのお土産で、『もみじの天ぷら』ってのがあるんですわ。箕面《みのお》市だったか……。天ぷらかと思って包装を開けたら、もみじの形をしたふつうの菓子でしたけども」

関西方面出身なのか、イントネーションもどこか西のほうを思わせる。

旦那はそれを聞き、したり顔であごをなでた。

「わかった。お前が昔食べたのも菓子だったんだろう。だからおいしかったんだな」

「そんな！　ほかの天ぷらと一緒に出てきたんだから、お菓子なわけがないじゃない。それにお菓子だったら、『大人だなぁ』なんて言わないでしょう」

たしかにそうだ。

奥さんは憤然としたけれど、旦那さんはカラカラと笑う。

「だってそもそも子どものころの記憶だろう？　一年生か三年生なら八歳とかか。そのくらいの時の記憶なんて、あいまいなもんだ」

「あなたと一緒にしないでちょうだい」

旦那さんは愉快そうだけれど、奥さんはだいぶピリリとしている。

このあとのトレッキング、夫婦で仲良く楽しめるだろうか。

まひろは勝手にあたふたしてしまうが、時雨はにっこりと笑んだ。

「鈴木《すずき》さん、ご用意できますよ。もみじの天ぷら」

「ほんとう!?」

「はい。お菓子でもなく、きちんと大人味の、おいしいもみじの天ぷらです。ちょうどいまが旬ですから、夜を楽しみになさっていてください」

もみじにも旬なんてあるのか。はじめて知った。

鈴木さんと呼ばれた奥さんは喜んで、「ほら、あるじゃない」と楽しそうな笑顔で出かけて行った。

＊

コーヒーを飲んで部屋で休憩をしたあと、まひろはとりあえず車を置いて、徒歩圏内にある神社を参拝することにした。

道の確認を兼ねて女将さんに行き先を告げたところ、「これさ持っていきな」と渡されたのは熊ベル、そして糸と五円玉だ。

観光パンフレットには縁結びの神様とあって、この糸と五円玉をつかって願掛けをするらしい。

（それにしても、熊ベル？）

不穏なものを感じたが、行って納得。思いのほかがっつりとした山だった。まひろの体力では、参拝というよりもはや登山だと言ってしまいたい。しかもパンフレットをよく見れば、蛇注意とあって慄《おのの》く。女ひとりで歩くにはかなりの勇気が必要な参道——いや、登山道だった。

びくびくしながら鳥居をくぐり、山をのぼる。

道のわきは鬱蒼と木々が茂っていて、どこから熊が飛び出してきてもおかしくない。そんな不安に駆られる。

引き返そうか……と思ったあたりで、石碑を見つけた。

あ、と思ってもう一度パンフレットを開く。

松尾芭蕉《まつおばしょう》の句碑だ。

(これが奥の細道!)

義務教育で習ったが、その句を当地で見るのははじめてだった。

正直、こんなところにと驚く。

まひろのなかで松尾芭蕉は教科書に載っていたお爺《じい》さんだ。実際の旅は四十過ぎぐらいと習ったように記憶しているが、いまより平均寿命の短い時代、それも電車や車もない頃の話なのだから感服する。

よおし、と腕をまくる。

まひろはまだ二十代——のぎりぎりだが、松尾芭蕉より断然若い。芭蕉に行けるなら、まひろだって余裕で行けるはず。

気合を入れて、ふたたびのぼりはじめた。

熊や蛇の出没に戦々恐々としながらも、謎の対抗心で足を進める。

途中には頭がよくなる岩だとか、目の病気が治る岩だとかがあったが余力がないので目もくれずに通りすぎ、ようやくご神体となっている大岩へとたどり着く。

「——すごい」

圧巻だった。

緑の苔がむした、見上げるほどの巨岩だ。

その下には小さな空間があり、岩と同化するようにして本殿が建てられている。

巨岩の上には根の曲がった奇木も茂っていて、その姿はとても神秘的だ。

いかにもご利益がありそうで、まひろは手を合わせ、さっそくご神体である巨岩に近寄った。

岩肌には、参拝客が願をかけた五円玉がいくつもぶらさがっている。

この巨岩に開いた孔《あな》に糸を通して結ぶことができれば、縁が結ばれるのだとか。

まひろは手が届く範囲で目を凝らし、いくつかの孔に糸を差し入れてみる。案外難しい。

何度もチャレンジして、やっと糸が孔を通って頭を出した。

(今度こそ、まちがいない良縁に巡り合えますように！　……できれば早めにお願いします！)

二十九歳という年齢は、なぜか言い知れぬ不安でもってまひろを焦らせる。

まひろだけだろうか。それとも多くの女性がそうなのだろうか。

結婚適齢期という言葉は嫌いだし、女性だって社会でがっつり働く時代にばからしいとは思う。けれど、それでもなにかに追い詰められているかのような、漠然とした感覚は否めない。

まひろの場合、加えて無職だ。

いや、ちがう。無職になったからこそ、不安になったというべきか。

来年、再来年、これからどうなるのか。社会人としての先行きも不透明で、それを思うとただただ不安感が襲う。

はぁ……と重い息が漏れた。

男性との良縁を願う前に、よい会社とのご縁を探すのが先だ。

(良縁、ください。前の会社よりもいい会社とのご縁を)

祈りなおして、五円を垂らした糸を結んだ。

さて、参拝も済んだことだし、下山だ。

いやに重くなった足取りで来た道をひき返そうとした、そのとき。

「あ！」

視界の隅、頭上の梢《こずえ》を縫うようにして、鳥が横切った。

思わず声をあげて視線で追ったのは、その羽色が珍しかったからだ。

（青、青い鳥！）

小鳥は枝にとまり、かと思えばべつの枝へと飛び移る。

素早いけれど、まちがいない。おなかは白くて、あとは青い。青い鳥だ。

息を止めながら見入る。

すぐにどこかへ飛び立ってしまったけれど、参道にのこされたまひろの胸はドキドキと鳴っていた。絵本で有名な幸せの青い鳥とはちがうのかもしれないけれど、とてもきれいだった。それに――

『青い鳥って知ってる？』

思い出されるのは、二十年ほど前の只見で遊んだ記憶だ。

青い鳥を知っているかと訊いてきたのは、短髪と表現したほうがしっくりくるほど髪を短くした女の子。

まひろが滞在していた民宿の娘で、いつも「おねえちゃん、おねえちゃん」とあとをついて歩く、赤いジャージズボンの妹を従えていた。

活発で女子のリーダー格で、下の子だけでなく、近所の子どもたちも五、六人は引き連れて歩いていた。

「みんながあたしのまねしてショートにするんだよ」なんて言って、誇らしげに笑っていたのも、記憶にある。たしかに周囲の女の子もほとんどが髪を短くしていて、でも、彼女ほど潔いカットをしている子はだれもいなかった。

おなじくショートにした妹だってそれよりも長かったし、むしろ男の子のほうが長い場合だってあった。それが自慢であったように思う。

思い返してみると、いまでもあのベリーベリーショートは格好良かったと憧れる。

それに髪型だけでなく、当時のまひろは彼女の行動力にも憧れた。

彼女は毎朝食事を終えると遊びに誘ってくれて、まひろを外に連れ出してくれたのだ。

ただひとつ難点を挙げるなら、まひろを連れ出してくれるのはいいけれど、活発すぎてすぐにどこかへ姿が見えなくなってしまう点だろうか。

（あの子、よく泣いてたな……）

置いてきぼりにされて、妹はいつも「おねえちゃん、おねえちゃん」と泣いていた。仕方ないからまひろが面倒を見たのはよく覚えている。

かわいい声で、まひろのことも「おねえちゃん」と呼んでくれたことも。

（あの子、名前なんだっけ）

眉間にしわを寄せて、記憶を探る。

置き去りにされる妹と、足が遅くて追いつけないまひろは、最終的にいつもふたりで遊んでいた。

たぶん、一番仲よくなった相手だと言っていいはずだ。が、肝心の記憶はぼんやりとしている。

そもそも、十日ほど滞在はしたしたくさん遊んだけれど、みんなが「私の名前は○○です」みたいな自己紹介をしたわけじゃない。

いや、もしかしたらしたのかもしれないが、耳で覚えたものだし、当時だって正確な名前で呼べていたかどうか怪しいものだ。

自慢じゃないがまひろは高校時代、バイト先でたまにシフトが一緒になる先輩の名前を覚えられずに、誤魔化しニュアンス作戦でのりきった過去がある。『三本菅』と名札には書かれてあったが、それが『さんぼんすが』なのか『さんぼんすげ』なのかわからなかったのだ。怖い先輩なので当人には訊けず、店長に訊いたら『さんぼんす▲さん』と早口で言えば大丈夫との回答でさじを投げた。……言い訳だろうか。

（うーん名前）

はる、なつ、あき、ふゆ。そんな言葉が頭の中をぐるぐる回る。

春、とつぶやいて、ぶわっとひらめいた。

（春、サクラ、さくら、ちゃん……）

青い鳥を探しに行って、森ではぐれて、それで……。探しに来た姉のさくらが見つけてくれて、

――まひろ！　あき！　こっちだよ、はやく！

脳裏に声がよみがえる。

そうだ。さくらとあき。まひろを「おねえちゃん」と呼んでくれたのは、あきちゃんだ。

「なんか、ちょっとスッキリした」

謎の達成感まである。

昔の記憶も、きっかけさえあれば何とかなるものだ。

（そういえば、もみじの天ぷらってどんなかな……？）

鈴木さんと呼ばれていたあの奥さんの思い出も、天ぷらによってより鮮明によみがえっ

たらいい。そんなふうに思った。

＊

丸一日かけたような気がした参拝も、下りてみたら一時間くらいしか経《た》っていなかったのには驚いた。

爛れた生活に慣れた体には、規則正しい一日はとにかく長かった。

「観光パンフレットとにらめっこをして、レンタサイクルを借りることにしたんです。それで、川沿いのサイクリングに」

只見には、大きな川が二本『人』の字を描くように流れている。雄大な只見川と、清冽《せいれつ》な伊南《いな》川という二本の川だ。

まひろはそのうちの只見川にそってのんびりと走り、迫るような山々の新緑と、ゆったり流れる川が織りなす美しい風景を堪能したのだった。

「それは気持ちよかったべな。いい塩梅《あんべ》だったもの」

我がことのようにうれしそうな顔で、女将さんが笑む。

「で、昼は？　ちゃんと食ったのかい？」

「女将さんお勧めの名物『マトンケバブ』を食べて、そのあと車で温泉に。満喫して帰ってきました」

すっかりほかほかになって『ほしみ』にもどってきたまひろは、「お帰り」と迎えてくれた女将さんと食堂で、こうしてきょう一日の体験をおしゃべりしているのだ。

「『むら湯』まで行ったの。お湯も眺めもよかったべ」

はい、と答えつつ、ちょっと苦笑気味なのは、あまりにも眺めがよすぎたからだ。

『むら湯』は濃い赤褐色の湯をした、源泉かけ流しの日帰り温泉で、小高い立地にあった。壁一面の大きな窓からは雄大な景色が眺望できたが、小心者のまひろでは、逆に外からも見えてしまうのではと、ドキドキしてしまったのだ。

ちなみに、『むら湯』とおなじ敷地内にホテルも併設されていて、まひろはせっかくだからとそちらの露天風呂も堪能してきた。まさに温泉三昧だ。

マッサージチェアで昼寝までしてしまったので、なんとも贅沢《ぜいたく》な時間の使い方となった。

「あらやだ」

ふと何かを思い出したように、女将さんが手を打った。

「すっかり忘っちぇたわ。お嬢さんには電話来てねぇかとか、見てみねぇでいいのかいって訊こうと思って話しかけたんだったわ」

「ああ、スマートフォンですか?」

なら大丈夫です、とまひろは答えた。

「触りはじめると手放せなくなっちゃいますし。せっかくなので、滞在中くらいはデジタルデトックス頑張ってみようかなって思ってます」

「そうがい? もし必要なときはいつでも言ってけやれ。ゆっくりして、のんびりして、養生してってな」

「はい、ありがとうございます」

まだ夕飯まで時間がある。

軽食喫茶もやっている食堂では、連休を利用してやってきた観光客らが食事を終えてコーヒーを飲んでいた。

まひろもカウンターに着いて、ドリンクメニューを確認する。

「時雨さん、デカフェってありますか? 今朝のコーヒー、とてもおいしかったんですけど、こうなれば徹底的にデトックスをしておこうかと思うんですが」

「すみません、デカフェは扱ってないんです」

時雨は困ったように眉を下げた。

「ハーブティーならありますが、そちらでもいいですか?」

「ハーブ、いいですね。お願いします」

「徹底もいいと思いますけど、好きなものを飲んだり食べたりするのも大事ですよ。もう十分転地効果もありますし。あ、でも自慢のハーブティーなので、ご注文いただけてうれしいです」

時雨は微笑んで、乾燥ハーブが詰まった瓶を取り出す。

「リンデン、カモマイル、ラベンダー、あとはローズ。リラックスできるハーブのミックスです。うちはプレス式でお出ししています」

ケトルを火にかけながら説明してくれる。

けれど、まひろはさっきの耳慣れない単語のほうが気になった。

「十分、なに効果って言いました……？」

「え？　あぁ、転地効果？　日常を離れて遠くに旅に出ると、自律神経が刺激されてストレスが軽減したりするそうです。胃や腸も回復するらしいですよ。胃腸が整うのがデトックスの基本ですから、ここにおいでになった時点ですでにデトックスになっているんじゃないかなと」

ああ、もしかして、それだから妙におなかが空くのだろうか。

「じゃあ、帰るときにはすごくスッキリですね」

「お帰りの日に、まさにそう思っていただけたらうれしいです」

お湯が沸いて、時雨が手際よくティープレスとカップを温めてから、ハーブを投入する。お湯が注がれると、ハーブのさわやかでフローラルな香りが立った。

砂時計と一緒に提供されて、なんだか和む。蒸らし時間を計っているのだが、砂時計というのは見ていて飽きない。

「あしたはなにしようかなぁ。時雨さんのおすすめはありますか？」

「うーん、俺としては、只見一番のおすすめは『恵みの森』の沢歩きなんですが」

時雨は壁に飾られた風景写真を指して言う。

森の中を流れる沢の写真だ。

一枚岩の川床を、清らかな水が木々の色をそのまま映しながら流れている。

「まだ雪代《ゆきしろ》――雪解け水が多くて増水しているので、立ち入りができないんですよね」

沢歩きということは、いま流行りのシャワーウォーク的なものだろうか。

美しい写真だけに、行けないのは残念だ。

「沢のないところも入れませんか？」

「『癒しの森』のほうも、まだ早いですね。森の代わりに山登りをするにしても、この時期は軽装備ではおすすめできません」

おすすめされても、まひろの体力で登山はそもそも無理だ。

きょうの参拝ですでに筋肉痛に苦しむことは確定している。

まひろの表情でなんとなく意思が伝わったのか、時雨は「もし森林浴をご希望でしたら、すぐそこの公園でもいいんですよ」と、いきなりぐんと難度を下げてきた。

思わずくすりと笑ってしまう。

時雨もつられたように笑った。

砂時計の砂が落ち切ったので、ティープレスのフィルターを押し下げる。

「公園歩くの好きです。木が多いところは特に。ふしぎと気分がすっとしますよね」

「フィトンチッド効果っていうらしいですよ」

時雨が言うと、皿を下げてきた女将さんが「まあたはじまった」とうんざりしたように宙を仰ぐ。どうやら時雨がうんちくを垂れるのは毎度のことのようだ。

無視していいんだよ、と耳打ちされたけれど、まひろはこういう雑学めいたものを聴くのは嫌いではない。

「フィトンチッドってなんですか？」

まひろが聴く様子を見せると、時雨はちょっとばつが悪そうに苦笑しながらも説明してくれる。

「木が自分を守るために放出している揮発《きはつ》成分です。それらを浴びることで、人間にもよい効果が得られるのがフィトンチッド効果です」

「揮発成分?」

「テルペン類——簡単に言うと木の香り成分です。ヒノキとかスギだとか、特有の香りがしますよね。あれに肌の殺菌効果やリラクゼーション作用、免疫の活性化作用などがあるんだとか。木が多いところを散歩してスッキリするのは、けっして気のせいじゃないってことです」

「へえ、ちゃんと理由があったんですね」

「ただ残念ながら、只見自慢のブナの木は、フィトンチッドを放出していないみたいなんですけど」

え……。そうなのか。

こんなに森林があるのにとちょっと残念に思ったが、時雨は「でも」とつづけた。

「ある実験によると、ブナ森での森林浴はリラックス効果が非常に高かったという結果も出ているんです。ブナの森は針葉樹林とちがって、木漏れ日が明るくてきれいですし、生態系が豊かで、美しい鳥のさえずりが多くきこえるからかもしれません。五感を通しての癒し効果が高いんですね」

「ブナの森かぁ……懐かしいな」

そう、ぽつりとつぶやくと、時雨が「え？」と目を見開いた。

「じつはわたし、只見に来るのははじめてじゃないんです。子どものころ、夏休みの十日間ぐらいをお世話になっていて。小学校二年生くらいのときの話で、もう二十年くらい前の話ですけど」

母方の先祖の墓があったのだ。

ただ、まひろたちは東京住まいなので管理が行き届かない。荒れてしまうので畳みにきた、あるいはそのための相談にきた、といった話だったように思う。顔も知らない親戚が集まっていた。

すでにだれも管理できる距離に住んでいないのに、反対して口を挟むだけの年寄りがいて困る、と母が愚痴を言っていた記憶がある。

結局、墓はだれか親族の家の近くに改葬となったのではなかったか。

ざっと話すと、女将さんは記憶をまさぐるように首をひねった。

「お墓？　槍沢家なんてあったべか」

「いえ。だれももうこっちには住んでいなかったので。それにお墓の名前も『槍沢』とは違ったような気もします。滞在中はどこかの民宿に泊まっていたんですけど、予定をオーバーしちゃって、そのあとはたしかキャンプ場のコテージを借りたりしていました」

「あらまあ大変だったねえ」

「いえ、それが楽しかったんです。お世話になった民宿の女の子が遊びに誘ってくれて、友達がいっぱいできて、毎日遊びまわっていた記憶があります」

川で水遊びをして、大きな魚を見つけてみんなで追いかけたりもした。

きょう川沿いをサイクリングしてきたのは、当時遊んだ場所を懐かしんだからだ。

ただ記憶があまりにもあいまいで、見覚えがあるような景色だなとは思ったけれど、どこで遊んだかまでは思い出すことができなかった。

「たしかブナの森にも遊びに行ったんです。光るキノコがあるって話で」

「ツキヨタケ？　毒キノコだべや」

「らしいですね。でもすごく面白くって。民宿の部屋まで持って帰って、夜に布団の中で光らせて遊びました」

想像よりもずっとひかえめな光だったけれど、それでも光るキノコだなんて、ファンタジーの世界みたいだと心が躍った。

「青いチョウと青い鳥もさがして探検しました。ほんと懐かしいなぁ」

まひろにとっては冒険の夏だった。

箱いっぱいに集めたセミの抜け殻も、東京に帰ったあとしばらく大事に飾っていた。大人になるごとに記憶は薄れてしまったけれど、特別な夏だったのはまちがいない。

（ただ、ひとつだけ……）

まひろにとって、ひとつだけ、ほろ苦い思い出がある。

心残りとでもいうのかもしれない。

一番仲よく遊んだあきちゃんとは、まひろのほうから一方的に絶交を言い渡したまま別れてしまったのだ。

謝ればよかったと、それだけがずっと心に引っかかって、いまも小さなとげのようになって残っている。

当時のことに思いを馳《は》せていると、ふと、時雨がじっとまひろを見つめていることに気がついた。もしかして、と思う。

「――しつれいですけど、時雨さん、まさか一緒に遊んでくれた子のひとりだったりしますか？」

集落の規模からいっても、子どもは多くない。

さくらは五、六人はつねに引き連れていたから、まひろと年が近そうな時雨は該当する確率が高いことに、いまさらながらに気がついた。

時雨は予想通りうなずいて、懐かしそうに目を細めた。

「はい。じつは到着からずっと、もしかしてって思ってました。まひろちゃんかなって」

「え、名前まで覚えていてくれてたんですか？」

それとも、宿帳を見て思い出したのだろうか。

さすが接客業とあって、顔の記憶力が抜群だ。いや、子どものころの話だから、もとから得意な分野なのかもしれない。

「俺のこと、覚えてます？」

まひろは申しわけなく思いながら、首を横にふる。

当時のクラスメイトですらだいぶ記憶がぼやけてきているのに、小学校二年生の夏、たった十日ほど遊んだだけの相手の顔など、まったく覚えていない。

印象が強かったさくらでさえ、髪型は覚えていても顔の造作はだいぶ霞がかっているくらいだ。時雨のくっきりした目鼻立ちの顔にも、星時雨という名前にも、心当たりがなかった。

「すみません。ひとの顔を覚えるのが苦手で……」

そう思ったことはないが、相手をなるべく傷つけないように謝る。

まひろの感覚では、顔や名前の記憶力は標準並みだと思う。

「あ、もしかして昔お世話になったのも、この『ほしみ』でしたか?」

「いや、あれは川沿いにあった民宿の『おおとり』さんで、もう商いを畳んじゃってます」

「そうなんですね」

では、ツキヨタケを布団の中で光らせて遊んだあの部屋には、もう泊まれないのか。

少し残念に思いながら、ハーブティーに口をつける。

知った人だとわかってしまうと、なんだか急に緊張する。

しかも向こうは覚えていたのに、こちらはまったく気づいていなかったという、ちょっと気まずいパターンだ。

なにを話そうか——そう思案していると、勝手口から「ごめんくださーい」の声とともに、段ボールがカウンター内へと上がり込んできた。

「はいはーい、てんぷら粉と油、その他もろもろ届けにきたぞお」

どかっと荷が下ろされて、段ボールで隠れていた顔があらわになる。

まひろや時雨とおなじくらいの年代で、明るい髪をうしろでひとつにまとめた男のひとだ。

夕食の支度に使うものなどを届けにきたらしい。私服だけれど、たぶん業者さんだ。

女将さんは礼を言ってから、出ていこうとする男のひとを呼び止めた。

「時雨が遊んだんなら、翔《しょう》ちゃんも遊んだんでねえの？」

「は？」

翔と呼ばれた男のひとは、目をぱちくりとする。

「そうそう、翔もいた。おまえ覚えてない？　俺らが小学一年のとき」

時雨がざっと事情を説明する。どうやら時雨はまひろよりも一つ下だったようだ。

翔はまひろの顔をじっと穴が開くほどに眺めてから、「ああ！」と膝を打った。

「あったあった。東京から来た女子がいるっつって、みんなで遊んだわ！」

「覚えてるんですか？」

「そりゃ子どもが少ねえからな。見ればわかんだろ、過疎集落だ。生徒が少ないから授業も一、二年が一緒のクラスで受けるんだぞ。中学年は中学年で、高学年は高学年でってまとめてな。——あんたと遊んでたのは、低学年組のメンバーだっただろ？」

「ええと……」

「あ、その顔だと、こっちのことは覚えてねえわけだ？」

「はい……すみません。女の子なら、ふたりくらい覚えてるんですけど。さくらさんとか」

「んだ、よりによってあいつか」

翔は顔をしかめた。

「ボス猿じゃねーか」

「泊まってた宿の子だから、当然と言えば当然だろ。うちに泊まってたら俺のことを覚えてたかもしれないけど」

時雨はおどけたように肩をすくめる。ゴメンナサイ、と恐縮するしかない。

ハーブティーをあじわうふりをしながら、なんとか記憶と闘ってみる。

時雨。翔。……だめだ。やっぱり出てこない。

まひろがわずかな記憶を掘り起こそうとしているうちに、時雨と翔は地域の消防団の話や自治会などについて会話を弾ませはじめた。

「仲がいいんですね」

女将さんに言うと、「幼稚園から高校まで、ずっと一緒だからねえ」と笑う。

「そんなに長いつきあいなんですか」

「おう、それに基本クラス替えなんてないからな。ずっと一緒の持ち上がりだ」

翔が、時雨が出してくれた水をぐいっと飲み干して言う。

「まあ腐れ縁ってやつだ」

「翔は高校入れないんじゃないかって心配したけどな」

「はあ？」

「だっておまえ、ぜんぜん授業聴いてなかっただろ。先生の変な似顔絵を描いては授業中に渡してくるし、小学入学から中学までずっとやってたよな、あれ」

「ああ、そういや小一くらいのときはよく先生に怒られたな。おれとおまえの間にますみの席があってさ、邪魔だった。あいつすぐチクりやがる」

当時を思い出したのか、翔が舌打ちをする。

「机のならびが誕生日順なら、よけいな邪魔が入らなかったのに」

「誕生日順だったのは幼稚園のときだけだったな。あとはずっとあいうえお順だったか」

「おかげですごく怒られた。あいつ親父にもチクりやがったから許さねえ」

翔はかなり恨み節だが、授業中にそんなことをしていたら、まひろの立場だってたぶんチクると思う。

それよりも、だ。

（――ますみ？）

なんだか聞いたことのある名前だ。

もしかしたら、昔一緒に遊んでくれた子の中に、そのますみという子もいたのかもしれない。よく思い出せないけれど。

＊

夜。食堂では、とても豪勢な膳となった。

時雨が言っていたとおり、メインは山菜の天ぷらだ。

天ぷらをつけて食べる天つゆと薬味、それに塩が用意されている。山菜らしき小鉢も三種類あった。

「まひろちゃん、ごはんと汁物は先にすっかい？　飲むならあとにすっけども」

女将さんもすっかり「まひろちゃん」呼びだ。ほんとうに親戚の家に泊まりに来たような感覚がする。

「じゃあ、きょうはちょっとだけ飲もうかな」

とりあえずビールか。そう思いながら、ほかの席を見る。

日本酒や焼酎のひとが多いようだ。

「うーんどうしよう」

「迷うんなら、『ねっか』はどうだい。只見でつくってる米焼酎で、天ぷらによっくど合うんだ。糖分もプリン体もねえから、安心してガブガブ飲めんだわ」

ガブガブはともかく、糖分はちょっと気になるのでうれしいところだ。まひろは『ねっか』を水割りで頼んだ。

そのあいだにあの『もみじの天ぷら』の鈴木夫妻が階段を下りてきて、日本酒を頼みながら席に着く。

「みなさん、小鉢は左からゼンマイと厚揚げの煮物、ニリンソウと卵のサラダ、ウドの酢味噌和えです」

お酒を運びながら、時雨が小鉢の説明をしている。

まひろのところにもすぐに『ねっか』の水割りが到着した。

(――あ、いい香り)

グラスを受け取ると、日本酒にも似た香りが立つ。

思わず一口。

ほのかなまろみある甘さがして、すっとのどに馴染んだ。これはビールとちがって、まったく料理の味を邪魔しないだろう。

食事への期待が高まる。

さあ、なにから食べようか。やっぱり天ぷらか。いやいや野菜から食べたほうが体にいいと聞いたことがある。小鉢からか。

迷いながら『ねっか』をもう一口味わっていると、

「やっぱり天ぷらといえばタラの芽だよなあ！」

と喜ぶ声がきこえた。

すぐそばのテーブルに着いた、鈴木夫妻の旦那さんだ。

もぐもぐとおいしそうに食べ、冷やの日本酒をくいっとあおってたまらないという顔をしている。

（タラの芽！）

よし、それで行こう。

まひろも倣ってタラの芽の天ぷらに塩をふって、ぱくり。

薄衣はサクッとしていて、噛むほどに心地よい苦みが広がる。

でも苦いだけでなくて、独特の香りとうまみがあって、やっぱり抜群においしい！

塩も普通の食塩ではないようで、もっと粗粒で甘みを感じるものだった。

最後は『ねっか』を流し込む。まひろもきっと鈴木夫妻の旦那さんのように、たまらないといった顔をしているだろう。

「んんー！　おいしいです。タラの芽」

ちょうど時雨が通りかかったので言う。

時雨はうれしそうに、そして尚且《なおか》つ、なにかいたずらが成功した子どものように満足げに口角をあげた。

「でしょう？　まひろちゃん、鈴木さん、じつはそちら『山ウドの芽』です」

「山ウドの芽⁉」

鈴木さんと声がかぶってしまった。

山ウドって、ウドの大木のウドでいいんだろうか。

右端の小鉢がウドの酢味噌和えで、まひろが知るウドはこれだ。白っぽくて柔らかい。独特のさわやかな香味がする野菜。……そもそもウドって山菜なのか。

「これは山に自生している山ウドです。スーパーで売っているのは栽培物ですね。日を当てないで育てた白くて軟弱なウドが一般的かと思いますが、天然のウドはとても香りが高くて、芽はタラの芽よりも美味なんですよ」

へえーと感心する声まで鈴木さんとかぶってしまった。

「じゃあ若旦那――」

「時雨でいいです」

「おお、じゃあ時雨くん。タラの芽はどれだ？　これか？」

「それはコシアブラといいます。今回タラの芽は入っていません。正直、コシアブラを食べ慣れてしまうと、タラの芽の天ぷらは物足りなく感じてしまうんですよね」

コシアブラ……今朝、中華和えで食べた山菜だ。たしか山菜の女王だと言っていた。

(タラの芽が物足りなくなるくらいおいしいって)

ごくりとのどが鳴る。

よし、これもやっぱり塩で——と思ったとき、

「あ、もみじの天ぷら!」

鈴木さんの奥さんが声をあげた。

旦那さんもまひろも、それにお菓子の『もみじの天ぷら』を教えてくれた男の人も、自分のお皿に盛られた天ぷらに注目する。

あった!

コシアブラのわきに、そっと手のひらのような形を広げて鎮座している。

ほんとにあったなあ、という旦那さんの言葉を聞き流し、奥さんがサクッと音を立てて頬張る。

事情を知るまひろたちは、奥さんの感想を待った。

「おいしい! これよ!」

その言葉を合図にしたように、まひろたちも口に運ぶ。

口の中でサクッと崩れたとたん、独特の強い香りとコクのある苦みが舌に広がった。苦みに角がないのは、天ぷら油との相性がいいからかもしれない。

あとを引く香りと苦みで、これは癖になる。

「おぉ、これはいかにも山菜って感じの強い味だな」

「クセが強い山菜です。この味を覚えれば〝山菜通〟だなんて言われたりもします。とくに秋田では根強い人気のようですよ」

「秋田……」

亡き祖母との思い出がよみがえったのか、奥さんは目を瞬き、それからあじわうように一口一口、ゆっくりと食べる。

(それにしても、どうして都内で食べたときには味がしなかったんだろう?)

ここまでクセがあれば、旬じゃなくてもそれなりに香りくらいは残っていそうなものだ。米焼酎をぐいっとのどに流し込みながら、そんなことを思う。

旦那さんも引っ掛かったようだった。

「おまえが蕎麦屋で食べたのは秋だったな。――時雨くん、これは赤く紅葉したら味がなくなるってことかい？　この味は春限定で、芽吹いたばかりの味ってことかな？」

「申しわけありません」

時雨は頭を下げた。

「訂正しなくてはいけないんですが、こちらじつは、もみじの天ぷら……もどきです」

「もどき？」

鈴木夫妻もまひろも、それにほかのお客さんも『？』を浮かべた顔で時雨を見る。

時雨はちょっとばつが悪そうに頭をかいた。

「この山菜、もみじの若葉ではなく、シドケといいます。もみじによく似た葉をつける春の山菜で、別名をモミジガサとも言います」

「シドケ、モミジガサ……」

奥さんは戸惑っている様子だ。

「でも、あたしが庭のもみじを見ながら『もみじの天ぷらおいしかったね』って言っても、おばあちゃんは違うだなんて、ひと言も……」

ショックを受けたようだったけれど、それを聞いて女将さんが快活に笑う。

「めげえ孫がもみじって言ったんなら、そらもみじでいんです。ちがうなんて言う必要ねえべ。めげえめげえ孫だもの」

「おばあさまにとっては、孫がシドケをもみじだと信じて食べている姿も、きっとたまらなくかわいいものだったのではないですか」

そう、時雨も言う。

鈴木夫妻の奥さんは、女将さんの訛りが秋田の亡き祖母を思わせたのか、潤ませた目を細めて笑んだ。

「『めげえ』って、『めんこい』よね。おばあちゃんもあたしを見て、めんこいなぁめんこいなぁってよく言ってたわ」

奥さんはとても懐かしそうに、そして幸せそうにシドケを食べる。

まひろもサクサクとした天ぷらを味わいながら、なんだかほっこりと胸が温かくなるのを感じた。

三話　思い出のランと蘭ゼリー

スマホを預けて二晩目、びっくりするほどよく眠れた。

夜ごはんを食べて寝る支度をし、テレビを見ながら布団で横になる。九時にはあくびが出てくるし、十時にはもうまぶたが重くて耐え切れない。

スマホのブルーライトがよくないという話を聞いたことはあるが、光の刺激がなくなったせいだろうか。それとも単に暇だから眠くなるのか――。

まあ暇だからだな、とは思う。

気になるテレビ番組があればまた話は変わるかもしれないが、特にそういったものもない。動画配信サービスなら見たいものがあったかもしれないが、旅先でそれは無理な話で、そもそもそんなものを見ていたのではデジタルデトックスの意味がないだろう。

おかげで、学生時分よりも規則正しい生活を送っている自信がある。

ただし、残念なことに朝は早い。

まひろは半目になって窓外をにらんだ。

窓にはカーテンが引かれているが、細く開いた隙間から微妙な薄明かりがのぞいている。しかし太陽は昇っておらず、朝というにはまだ早い時刻だが、野鳥はすっかり活動時間のようである。つまり非常にさえずりがうるさいのだ。

まいったなと思っていると、外で人の気配がした。

ストーブのスイッチを入れて、もそもそと布団から這い出て外を見る。

立派なカメラを携えた数人の観光客だ。空を見上げては指をさしたりカメラを構えたりしているから、きっと愛鳥家たちなのだろう。

温泉に置いてあったパンフレットで見たけれど、只見ではイヌワシをはじめとするたくさんの野鳥が集落のすぐそばで観察できるらしい。

まひろにとっては迷惑な野鳥だが、彼らからすればうれしい来訪なのだろう。

もしかしたら、まひろも野鳥のことをもっと知れば、この時刻の狂った目覚ましもうれしいハーモニーとして聴くことができるのかもしれないが。

（いや無理でしょ。眠いわ）

時刻は、朝四時半。

まひろはストーブがようやく点火される音を聴きながら、もう一度布団にもぐりこんだ。

頭まで布団をかぶって、二度寝だ。

二度寝というのは、なぜ気持ちがいいのか。

なぜ爆睡してしまうのか。

理由をちょっと知りたいのだが研究した人はいるだろうか。

階下がにぎやかになったところで跳ね起きたまひろは、起きようと思っていた時刻を完全に寝過ごしたことを悟った。もうとっくに朝食の時間だ。

ああああ……と心の中で呻《うめ》きながら着替えて髪を整えて、急ぎ足で階下に下りる。

宿泊客の多くが、すでに食事を終えて満足顔をしていた。

「おはようございます」

まひろに気づいた時雨が、笑顔であいさつをくれる。

「はい……おはよう、ございます」

おはようなのか。おそようなのか。

すでにしっかり働いている時雨をまえにすると、自分のだらしなさが恥ずかしい。

しかもすっぴんだ。顔を隠したい。

（いや、きのうも寝起きすっぴんでごはん食べてなかった⁉︎）

昨日は平気だったのに、今朝はちょっと、いやだいぶ恥ずかしい気がする。

まひろちゃんなんて呼ばれたからだろうか。

意識しているわけではないけれど、知り合いだとわかってしまったことで『旅の恥はかき捨て』ができなくなったのかもしれない。

知り合いといってもまひろはほとんど覚えていないが、それでも子どものときを知られているというのは、どこか気恥ずかしいものがある。

「まひろちゃん、おはよう！　だいぶ顔色がよぐなったんでないの」

カウンター席に朝食を運んでくれた女将さんが言う。

「え、顔色ですか？」

いやこれはすっぴんで、と言いかけて、ちがうなと思う。

すっぴんなのだから、肌のトーンはフルメイクよりたぶん暗いはずだ。

「こんなこと言ったら失礼だども、来てけやったときはそりゃもうひどい顔だったもの。安心したわ」

ああ、初日から比べての話か。

「時雨さん曰《いわ》く、いかにもごはんが食べられそうにない顔、だったみたいです」

「言ってたっけな。夕飯難しそうだから調節すっからぁって」

「あのときはありがとうございました。時雨さんには、遅い時刻にお味噌汁までつくっていただいて」

「いいのいいの。礼よりもいっぺ食ってけやれ」

「はい。いただきます！」

手を合わせて、膳と向き合う。

お茶碗に盛られているのは、今日もつやつやときれいに炊き上がった白米だ。ほかほかの湯気がいい匂いで、一気に体が目覚める気がする。

そのとなりには、山菜の味噌汁。

「エラじゃないですね。これは……なんだろう」

「きょうはイタドリと油揚げの味噌汁だよ。おかずは出汁巻きと、春雨サラダ、鮭《しゃけ》の糠《ぬか》漬け」

「糠漬け……？　鮭も糠漬けになるんですね」

「時雨がつくったんだわ」

言い方からすると、郷土料理というわけではなさそうだ。

「あたしもはじめは『ええっ!?』って思ったども、ンまいよ」

「そういえば、サンマも糠漬けにするとおいしいって聞いたことあります」

感心しながら、お皿に鎮座する鮭を見る。

サンマの糠漬けは食べたことがないけれど、魚の西京漬けは好物だ。似た感じだろうと想像する。楽しみだ。

おなかがぐうと音を立てて、女将さんは呵々《かか》と笑った。

「健康健康、いっぺ食ってけやれ！　味噌汁だとか、糠漬けだとか納豆だとか、朝の定番っつわれる発酵食品はとくに体にいんだよ」

「あ、聞いたことあります。積極的に発酵食品とかをとって腸を整えると健康、みたいなやつですよね。肌もきれいになるとか」

腸活は一時期、社内で流行ったことがある。

まひろは興味がなかったので、あまりよくは知らないが。

「……あ、そういえばデトックスの基本も胃腸を整えることなんですよね」

時雨からきのう聞いた話だ。

「腸活、大事ですね」

「そりゃもちろん」と、お茶を汲《く》んで回っていた時雨が、まひろの湯呑《ゆの》みにもお茶を注いでくれた。香ばしい蕎麦茶だ。

「それに腸が整うと美容にいいだけじゃなくて、幸せにもなれるんですよ」

「え？」

体内の毒素が排出されて、肌がきれいになって、なおかつ幸せになれる？

まひろはちょっと胡乱《うろん》な目になった。

（……もしかして、肌がきれいになるとモテて結婚できますよ！　みたいな話？）

そういう『モテる！　結婚！　幸せ！』論、たまに聞くけれどあまり好きじゃない。

反応がいまひとつになってしまったのを、時雨は違う方向に解釈したようだった。

「あ、嘘くさいと思いました？」

「いや……そうじゃなく……」

なんて答えたらいいのか迷って、声が小さく尻すぼみになる。

大丈夫ですよ、と時雨は笑んだ。

「概念みたいなものじゃなくて、じっさいに腸のなかには幸せホルモンと呼ばれる物質が集中して存在しているんです」

……ホルモン？

「セロトニンって聞いたことありませんか？　幸福感につながる神経伝達物質です。この幸せホルモンとも呼ばれるセロトニンは、九割が腸のなかにあるんですよ」

「九割……そんなに？」

「はい。だから、脳のストレスが影響しておなかの調子が悪くなるのとおなじように、逆に腸が整えば、その影響で脳が安心感や幸福感で満たされたりもするみたいです」

「腸が整うと幸せってそういう……」

腸活、めちゃくちゃ大事じゃないか。

あらためて、朝食を見る。

鮭の糠漬けと味噌汁が発酵食品だ。それに味噌汁に入っているイタドリも山菜なので、ポリフェノールが多く含まれているのだろう。

「——じゃあ、『ほしみ』のごはんは幸せになれる朝ごはんですね！」

おいしくてデトックス、しかも心も体も幸せになれるなんて、最高だ。

味噌汁を手にほこっとして言うと、時雨がちょっと面食らったようにまひろを凝視した。

（え？）

そんな、見る？

「——あ、そうか。その、すみません……朝ごはんだけじゃなくて、夜ごはんも幸せになれます。体にいいし、おいしいですし」

訂正したけれど、なんだか臆面もなく恥ずかしいことを言った気がする。時雨の視線が痛い。

ごまかすように味噌汁をすすり、ほうっと息をはいた。

（おいしい……）

なんで、寝起きの味噌汁ってこんなにもほっとするのだろう。染みる。

「おいしいですか？」

問う時雨はもうふんわりとやさしい顔をしていて、安心した。

「はいとっても。このイタドリも、ほのかに酸味があって、でも油揚げがそれをまろやかにしていてすごく相性がいいです。味噌の風味からも浮いてないし、すごく合いますね！」

お汁の椀を置いて、つぎはごはん茶碗を手にする。そのまま鮭の糠漬けを大きめに箸で切って頬張った。

（身がしっかりしてるのに、やわらかい……！）

ふわっと糠の香りが鼻をぬける。

鮭のうまみがぎゅっと濃縮されていて、これはおいしい！

すかさずごはんを口に追加する。只見米の甘みがさらに引き立てられて、たまらない。

（うんーっ！　合う合うごはんに合う最強っ！）

「おいしい……！」

思わず感動を小声に出すと、カウンター内にもどった時雨と目が合った。

あれ、と思う。

まだ見られていたんだろうか。変な声を出したから？　極力小さくしたつもりだったけれど……。

困惑してから、はっと気がついた。

「そういえば、お茶碗を持ったままおかずを食べるのってマナー違反でしたっけ。あれ、ちがうな。自称マナー講師のトンデモマナーだったような？」

「すみません、咎《とが》めるとかそういうんじゃなくて」

時雨が焦ったように手をふって弁解する。

ちょっと照れたように視線を下げて、少ししてから、観念したようにふわっと笑った。

「まひろちゃん、すごくおいしそうに食べてくれるなぁって」

「え？」

（食べてる顔!?）

そう言われてしまうと、なんだかいまさら、すごく恥ずかしい。

汚い食べ方なんてしていなかっただろうか。

食い意地が張った女だと思われなかっただろうか。

いやそもそもすっぴんだ。その時点で羞恥心がふり切れている。もうだめだ。

でも、恥ずかしいと同時に、なんだか胸が温かくなる。

他人の笑顔がこんなにうれしいなんて、これもセロトニン効果なのだろうか。

腸活ってすごいな。そんなことを思いながら、出汁巻きを頬張った。

濃厚な黄身の風味に、しっとりとしたやさしい出汁が染みていて、これもやっぱりじんとするおいしさだった。

＊

朝食が済んだあと、少し部屋で休んでから散歩に出た。

さいわい、きのう神社の参道を登った筋肉痛はまだ来ていない。

来るのは確定しているので、お前はもう若くないんだぞとあざ笑うように時間差で襲い掛かるつもりなのだろう。自分の筋肉ながら、いやなやつ。

どうせなら東京にもどってから襲ってくれればいいのに、とそんなことを思った。

そうすればマンションでひがなぼうっとしていても、自分に言い訳が立つ。

(なーんて、そんなこと考えてる時点でだめだめじゃん)

道端の石ころをおもいきり蹴っ飛ばす。

石ころはふっ飛んで、只見川の川ぶちへと落ちて行った。

重いため息が出る。

五泊六日の逃避行も、もう三日目だ。

着々と東京という名の現実が迫っている気がして、気が滅入る。

只見に来て、胸に溜まっていた本音を吐き出してスッキリはしたけれど、じゃあいますぐ現実と向き合って進んでいけるかと言えば、正直難しい。

だって、さきゆきは依然不透明だ。

求職をしても、前とおなじ条件の仕事が見つかるかどうかはわからない。

社会に復帰したいのに、社会のほうから拒絶されたなら、さすがにもう立ち直れない気がする。

(……帰りたくない)

かといって、部屋でごろごろしているのもつらい。

現実逃避への罪悪感にさいなまれるから、こうして散歩をして気を紛らわせている。

まひろは臆病だ。

「あーあ……」

せっかくの大自然を満喫もできずにだらだらと歩いて、ふと、木々の陰で視線を落とした。見覚えのある形をした植物が目に留まる。

鮮やかな緑色。くるりと大きく渦を巻いた形――。

（コゴミだ！）

すごい。見れば、日陰のそこかしこに生えている。

山菜ってこんなふうにはえているんだなぁ、と感心して顔をあげて、さらに目を見張った。

（鹿！　鹿！　……じゃない、なんだっけ）

川の対岸に白っぽい鹿のようなヤギのような動物がたたずんで、じっとこちらを眺めている。

（そう、カモシカ！　近い！）

人間を怖がるでもなく、警戒する様子もなく、泰然としてこちらを観察している。

その様子はどこか神々《こうごう》しくて、体がびりびりとするような感動があった。

「すっごく近かったんです！」

興奮して、だれかに話したくなったまひろは早足で『ほしみ』へともどってきた。カウンターのすっかり定位置になった席で、時雨を相手に熱く語る。

「初めて見ました。ぜんぜん逃げないんですね。あぁ、写真撮りたかったなぁ」

「クラッポは特別天然記念物として守られてますからね。人間に銃を向けられたことがないから、安心してるんです。逆にこちらをじっと見て観察しているくらいで」

「クラッポ？」

「クラッポとか、クラシシとか呼びます。『クラ』は『岩場』のことですね。これ、方言というより愛称だと俺は思ってるんですけど」

時雨はちょっと恥ずかしそうにはにかんだ。

「牛のこともベコって呼びますけど、これも鳴き声の『ベー』と、かわいいものを表すときの『〇〇っこ』が合わさって『ベーっこ』で『ベコ』なんです。愛称ですよね……いや、どうだろう。方言なのかな？」

「それってもしかして、犬をワンコとか猫をニャンコって呼ぶのとおなじ法則ですか？」

「そうそうそうです。ワンコが方言じゃないなら、ベコも方言じゃないですよね」

「というか、牛の鳴き声をベーと表現しているところのほうが、わたし的には気になります。ベーって、なにかちがくないですか?」

牛はモーだ。

力説したが、

「それだと『モーっこ』で『モコ』になっちゃいますよ。モコはそれこそなにかちがくないですか」

と、かなり真剣な目で問い返されてしまった。

「っていうか、時雨さん冷静ですね。もしかしてカモシカなんて珍しくない感じですか?わたし来る途中もサルを見てだいぶ興奮したんですけど」

「うーん珍しくはないですね。でも面白いなって思いました」

「なにがです?」

「昔もクラッポを見つけて、おんなじように興奮していたので」

時雨はくすっと笑って、フレンチプレスのガラスポットにお湯を淹《い》れる。まひろの注文だ。

「え……そ、そうでしたっけ?」

なんだか恥ずかしい。

「わたしって進歩がないんですね……」

「いえ。俺としては懐かしくていいです。同一人物なんだなぁって感じがしますね」

だから、それが進歩がないということなのだ。

ガラスポットのなかでは、鮮やかなピンク色の花びらが踊っていた。シャクヤクの花びらだ。

只見では漢方薬としてシャクヤクの栽培を行っているそうで、これはその花びらをブレンドした養生茶だった。

きれいなので眺めていたいが、時雨の視線がちょっぴりいたたまれない。

勝手にじわじわ耳も熱くなってくる。

耐えきれなくて、まひろは書架を見るていで席を外した。

蔵書は山菜図鑑、キノコ図鑑、野鳥図鑑など、動植物に関する図鑑が多い。

(山菜かぁ)

散歩で見たコゴミを思い出す。

読んでみたくなって、図鑑を手に席にもどった。

砂時計の砂が落ち切って、ちょうど蒸らし時間の終了だ。

花びらが本当にきれいなのでプレスを下げるのがもったいないが、仕方がない。

ゆっくりと注いだ養生茶は、ほのかな茶色をしていた。

カップを持ち上げると、鼻先にふわりとシソが香る。その奥からかすかに漢方らしきものも覗《のぞ》くが、まったく薬めいた匂いはしなかった。やさしい香ばしさがあって、おいしい。これは体が温まりそうだ。

「山菜に興味が出ましたか？」

カップを置いたとたん話しかけられて、どきりとする。

ただお茶を口にしたおかげか、先ほどよりも落ち着いていたのでよしとする。

「……興味というか、さっき散歩中にコゴミを見つけたんです。あれくらいわかりやすい形なら、私にも採れそうな気がして」

自分でも採取できそうだと思ったら、もっとわかる山菜を増やしたいという欲が出た。図鑑が置いてあるなんて、おあつらえ向きだ。

「なんか不思議な気分です。ここにきてコゴミを食べなければ、きっと同じ場所を歩いて同じ景色を見ていても、生えているコゴミには気がつかなかったんですよね。当たり前ですけど。これまでスルーしてしまうような景色が、ひとつの草を知ることで変わるんだなって」

大げさな言い方をすると、足もとから世界が広がったような感じだ。

いや、広かったことに気がついたというべきか。

花の名前を知れば、世界がいかに彩られているかに気づくことができる。そんな言葉をなにかで聞いたことがある。まさにと思う。

「山菜だけじゃなくて、鳥の名前とか虫の種類だとか、たくさんの生き物の存在をひとつ知ることで、きっともっと自然の豊かさというのが理解できるようになるんだろうなって、そんなことを感じました」

「解像度が上がるとか、そういう表現をする人もいますね」

時雨はそう言って、まぶしそうに目を細める。

「知らなければただの田舎ですから、ぜひおおいに只見の魅力を知っていってくださいね。ただし――」

時雨は図鑑の巻末のほうを指さした。ひも状のしおりが一本挟まっている。

開いてみると、山菜採りへの注意喚起のページだった。

「ここにあるように毒草もありますから、十分注意してくださいね。とくに芽出しの時期は山菜と毒草の見分けが難しいものも多くて、誤食につながります。二輪草とトリカブトなんて、小さいうちは見分けがつきません」

「トリカブト!」

まひろでも名前を知っているくらい、有名な毒草だ。

「なので、はじめのうちは『観光わらび園』を利用するといいですよ。私有地や住民たちで管理している山に入ってしまう心配もないですし。なにより安全です。催し物をやることもありますから、まずはそういうところからぜひ」

なるほどと思いながら、養生茶をいただく。

スマートフォンで検索するのではなく、こうして一ページ一ページをのんびりとめくりながら、まだ見ぬものを知っていく。そういう時間の使い方もいいなと思った。

＊

まひろが図鑑を見ているあいだに、宿泊客の多くがどこかへと出かけて行った。

食堂には振り子式の壁掛け時計があって、時刻はもうすぐ午前九時を迎える所だ。

最後に階段を下りてきたのは、ひとり客だった。

おそらくきのうチェックインした宿泊客だ。夜も見た気がするし、今朝の朝食では隅のテーブルを利用している姿を見かけていた。

白い髪をしっかりとセットした、清潔感のあるお爺さんだ。七十代後半くらいだろうか。

服装はシャツにベスト、チノパンというベーシックな組み合わせをピシッと着ていて、こなれ感があった。襟元を飾るループタイが素敵だ。

「コーヒーを一杯いいですかな？」

渋みのある声で注文して、カウンター席に着く。

座る姿も背筋がしゃんと伸びていてきれいだ。まひろのほうがたぶん姿勢が悪い。

反省して姿勢を正したところで、お爺さんがこちらを向いた。

「おや山菜図鑑ですか。いいですねえ」

「ここで食べる山菜がおいしいので、なんだか興味が出て。キノコ図鑑もあって、あっちも気になっているんですけど」

答えながら、書架のほうを見る。子どものころ見つけたツキヨタケは、どんな形だっただろうか。

お爺さんもまひろにつられるように書架に目をやり、それからコーヒーをドリップする時雨に視線を向けた。

「あれらの本は、あなたがチョイスを？　それとも女将さんが？」

「本はほとんど俺が集めたものですね。恥ずかしながら、こんな自然が豊かなところに住んでいるのに、鳥も花も、ほとんどなにも知らなかったものですから。自分の勉強用にと買い込んで読んでいたものを、いまはあそこに」

え、と小さい声が出てしまった。なんだか意外だ。

時雨はまひろに向かってちょっと気恥ずかしそうに笑う。

「偉そうに山菜がどうこうなんて色々と雑学披露してますけど、ほとんどがいい大人になってから勉強したものなんです。若いころは田舎が嫌で嫌で、高校卒業と同時に仙台のほうに出て行ったんです。でも結局うまくいかなくて、精神的にもまいっちゃって、行く当てもないので仕方なくもどってきた、という格好悪いパターンで」

「そうだったんですか……」

「もどってきても働き口がないですからね、家業を手伝って、お客さんを案内するために只見の自然について調べて調べて勉強して、それでやっと、あぁ、なんてすばらしい場所で暮らしているんだろうって思い知ったという――さっきまひろちゃんが言っていた、まさにその通りになったんです」

それであんな顔をしていたのか。

「自然について勉強、ですか……」

と、お爺さんはつぶやいて、時雨がいれたコーヒーを啜《すす》る。

それからカップを置いて、意を決したように口を開いた。

「じゃあ、只見の花にも詳しいと思ってもいいですかな？」

「花ですか。そうですね……準絶滅危惧種などを見に訪れるお客さんもいますから、それなりにはお力になれるかと。詳しいガイドをご紹介することもできますよ」

「じつは」

お爺さんは、どこか緊張した面持ちで告げた。

「ここで妻が見たというコチョウランをさがしているのです」


「コチョウラン？」

時雨とまひろは同時に尋ね返した。

コチョウランなら、まひろも知っている。漢字で書けば、胡蝶蘭。お店の開店祝いなどでよく飾られているのを見る、蝶が連なったような姿をした、とても豪奢《ごうしゃ》な鉢花だ。

「呉竹《くれたけ》さん、奥さんが只見でコチョウランを見たということですか？」

時雨が怪訝そうにして、詳細を尋ねる。

それもそうだろう。胡蝶蘭と言えば鉢植えだ。地植えのものなど見たことがない。

つまり全国どこでも春夏秋冬、季節を問わずに流通する花で、たぶんハウスだとかそういうところで栽培されている。

只見にわざわざ探しに来るようなものではないだろう。

「そう、だと。恐らくそうなのだと思います」

どこか自信なさそうに、それでも意志は強そうに、呉竹さんと呼ばれたお爺さんはうなずいた。

「どこからどう説明をしたらよいか……」

思案する様子を見せてから、呉竹さんはゆっくりと語りはじめた。

「――去年、妻を亡くしましてな。三月で一周忌だったのです。私ももう歳ですから、いつあとを追うことになるやらわかりません。いいかげん遺品を整理しておかなくては、私が死んだときに遠方で暮らす息子らが苦労するでしょう」

呉竹さんは自分の終活もかねて、一周忌を機に、手つかずだった遺品の整理をはじめたのだという。

「家内の持ち物は、とにかく少なくて驚きました。これでも事業を営んでいたものですから、それなりに余裕ある暮らしをさせていると自負していたのです。しかし服もバッグもいったいいつ買ったやらわからない古いものばかりで、贅沢なもの、余計なものはなにひとつない。ほとんど家にいない私が趣味で集めた鉄道グッズのほうがよっぽど多い有り様で……なんて、ほんとうにお恥ずかしい話ですが」

呉竹さんは苦く笑い、コーヒーを啜って一息つく。

「家内は贅沢もせず、物静かで、唯一の趣味がガーデニングだったのです。アイロンがけなどに使っていた長机の引き出しには、いつもちょっとした外出には持ち歩いていた花言葉辞典と、小さな花柄の手帳が入っていました。……手帳は体を患ってからのものでした」

死期を悟り、妻はどのような言葉を残したのか。

呉竹さんは手帳がひどく気になったそうだ。

「家内は医者から余命を告げられても、けっして弱音を吐きませんでした。ただいつもと同じように、最期まで穏やかにすごしたいと、それだけで……」

当時を思い出したのか、呉竹さんの声がわずかに震えた。当時と言ってもまだ一周忌だ。平気であるはずがない。

まひろも時雨もただ、呉竹さんが落ち着いて話ができるようにゆっくりと待つ。

呉竹さんはしばらくコーヒーカップに指をかけたり外したりをくり返していたが、大きく息をついてからふたたび話しはじめた。

「……でも、そんなはずがないでしょう。死を前にして、恐怖も不満もなにも覚えない人間などいますか。口にしないだけで、いくらでも思うことはあったはずです。もしくは、自分の人生をふり返ったりなどするはずです。いい人生だったな、あるいは……と」

呉竹さんは、そういった奥さんの本音が手帳に記されているのではと考えたそうだ。

許可なく盗み見る罪悪感、そして知らずにいた奥さんの本心を知ってしまうことへの恐怖のようなものを感じながら、それでもある種の誘惑に突き動かされるようにして、手帳を開いた。

ところが、

「――愕然としました」

ガチャ、とカップとソーサーが音を立てる。

「書かれていたのは、家族のことばかりでした。ひ孫の誕生祝いはなにがいいだろうか。息子は人間ドックを受ける受けると口ばかりだがいつ受けに行くのか、早く行け。私がすぐに血圧の薬を飲むのをやめてしまうがどうすべきなのか、そんなことばかりです。自分の体の心配や、死への恐怖や不安もなにひとつ書いてありませんでした。……私との五十余年におよぶ結婚生活への不満も、なにひとつ」

まひろは呉竹さんの話を聞きながら、そういうものかもしれないと思った。

連想したのは自分の母だが、まひろの母も余命を知ったところで、手帳に死への恐怖や家族への不満などを書き記すことはしないだろう。書き記せば残る。死を前にしているからこそ、書かないだろうと思う。

それでも書かずにおれないものがあるとすれば、残される家族への愛だ。

ちゃんとごはんを食べなさい。お酒ばかり飲んでいちゃダメ。たぶん、母ならそんな愛ある小言を娘に残すのではないか。

「――ただ」

ただひとつだけ、と呉竹さんはかすれた声で言う。

呉竹さんがしっかりと時雨の目を見たので、本題だなと察した。

「『只見で見たコチョウラン、よい思い出。また行きたい』と、最期となる入院前のページに、それだけがありました」

コチョウラン……。

やはりコチョウランなのか。まひろは困惑した。時雨も顔には出さないが同じ思いだろう。

「失礼ですが、呉竹さんのご記憶は？」

時雨の質問に、呉竹さんは首を横にふる。

「そもそも、花を見たという記憶すらないのです。私はいわゆる『鉄ちゃん』というやつでして、鉄道にしか興味がありませんで。只見には昔、リタイアしたあとの鉄道巡り旅で訪れました。これも思い返せば、ばかな話で……。家内の行きたい旅先などひとつも尋ねたことがありませんでした。私の一存で決めた、私の趣味の旅です」

過去を悔いるように、カウンターテーブルの上でぎゅっとこぶしを握る。

「家内にはまるで興味のない旅に同行させていたのです。楽しませようという気持ちのない旅行など、身の回りの世話係として連れて行ったのと同じだと、あとになってから気がつきました」

呉竹さんの言う『あと』というのは、『亡くなったあと』のことなのだろう。深い後悔がにじんでいる。

「私にとって只見滞在の記憶は、只見鉄道が絶景だったことです。圧倒されるすばらしい景色でした。列車に乗り、車窓を楽しみ、降りてからはビュースポットから撮影しました。……撮影のあいだも家内を連れまわしましたが、私が熱中するそのあいだ、家内が何をして何を見て、どんな思いで待っていたのか……なにひとつとしてわかりません」

呉竹さんは、これまでずっと妻をほったらかしにしてきたことに気がつき、亡き妻が見たというコチョウランを共有するために、いまさら訪れたのだと苦く苦く言う。

「しかしこれもまたわからないことだらけでして。私は花にとんと無知なもので、単純にコチョウランの群生地があるとか、そういうことかと思っておりました。地図を見れば、『カタクリの群生地』という紹介があったものですから、そういったような場所があるのかと」

「でも、コチョウランって暖かい国の花ですよね」

まひろが言うと、時雨もうなずく。

「只見のような豪雪地帯はもちろん、日本で自生することはありません。似た花かもしれませんね」

「おそらくそうなのでしょう。私もここに来る途中、列車の中で知りました。乗り合わせたご婦人にこの話をしたら、コチョウランに似たべつの花ではないかと諭されてしまいまして」

「ちなみに、昔いらしたというのは何月頃のことでしたか？」

「あれは五月末か六月か、たしかそのあたりではなかったかな……。そうか……来るのも早かったか。パソコンで検索したら、コチョウランの露天での開花期は四、五月という記事があったので、早合点して来てしまいました……」

「そんな肩を落とされないでください。今年は好天が続いていますから、場所によっては花も早く咲いている可能性だってあります。問題は、なんという花だったかです。日本にも古くから自生しているランが、たくさんありますから」

たとえば、と時雨は考えるしぐさで少し上を向く。

「シランやフウランなどがメジャーですかね……。でもフウランは耐寒性がありませんから、園芸種を室内で育てている場合が多いです。シランは鮮やかできれいですけど、ガーデニングをやっていたのなら知っていた花でしょうし、違うかな……」

シラン？　と呉竹さんが首をかしげるので、時雨はカウンターから出て、花の図鑑を持ってきた。

「ああ、これは昔からうちの庭にも植えてある」

開かれたページを見て、呉竹さんが言う。

自宅にあるなら奥さんもまちがえたりなどしないだろう。

これではないということだ。

「じゃあ、ウチョウランはどうでしょう？」

時雨が今度は山野草の図鑑を開いて見せる。

シランよりも薄い紫の、小さなランだ。漢字では『羽蝶蘭』。

花に詳しくないまひろでは、見つけてもたぶんスミレと区別がつかないだろう。

「園芸種にもなるとかなり豪奢な花をつけるので、それこそコチョウランのようですが、只見で見たなら園芸種ではなく、この自生しているものでしょう」

「コチョウラン、ウチョウラン……」

まひろはつづけて言葉に出してみて、「あ」と声をあげた。

「名前すごく似てますね！　失礼ですけど、もしかしたらコとウを書きまちがえただけなのかもしれませんよ」

かなり近いというか、これはむしろ正解では？

まひろはそう思ったが、呉竹さんの表情はまだどこかスッキリとしない。

冷めてしまったコーヒーを飲み干し、席を立った。

「長話を聴いてくれてありがとう。まずは観光協会でガイドを頼んでみるとします」

ウチョウランも探してみる。そう言って、呉竹さんは出かけて行った。

＊

まっ昼間から入浴できるというのは、なんにもやることがない休暇ならではだ。

きのうはちょっと離れた温泉まで行ったので、この日はレンタサイクルで近くの保養センターの湯に浸かりに行った。

時雨が言っていたように、お湯は温泉ではなかったけれど、小さな銭湯といった感じでアットホームだ。

人も少なかったのでゆっくり浸かって、食事処でごはんも食べた。

ほっこほこになって外に出ると、雄大な只見川の流れが視界めいっぱいにどこまでも広がって迎えてくれる。何回見てもすごい景色だ。

川の向こうには新緑の山々が連なっていて、圧倒される。

ここでうーんと伸びをして、思いきり深呼吸をするだけで、心が洗われるような清々しさと開放感があった。

小学生のとき、とてもよい環境で遊んだんだなぁと実感する。ほんの十日間ではあるけれど、なかなかできない経験だったはずだ。

（このお風呂にも昔来たのかな）

本当に記憶があいまいで、われながら情けない。

キノコとか、川で魚を見つけて追いかけたとか、そういうことは覚えているのに、その他のことはほとんど抜け落ちている。

（いやでも、たった十日間を詳細に覚えているほうが稀《まれ》じゃない？）

まひろの顔を覚えていたという時雨がすごいのだ。

(……呉竹さんの奥さんだって、只見に来たのはずいぶん昔の一回だけ。手帳に書いたのは最後の入院前)

その間、どのくらいの年月が経っていたのだろう。

もしかしたら、呉竹さんの奥さんが書き記したことだって正確ではない可能性がある。コチョウランとウチョウランの書きまちがえ説だって有力だ。

ただ、どちらにせよ、『よい思い出だった』、『また行きたい』と書き記すほどには素敵な記憶として残っていた。それは紛れもない事実だろう。

みんな、きっとそうだ。

心が揺さぶられたことだけ、強く記憶されている。

鈴木さんはおばあちゃんの思い出ともみじの天ぷら、呉竹さんの奥さんはコチョウランらしき花。

まひろはツキヨタケや川遊び、青い鳥を探した探検。

そして山菜のようにほろ苦い別れ。

(あきちゃん)

あきちゃんはあのときのこと、怒っているだろうか。

そんなことを考えながら、自転車にまたがる。

漕ぎだす前に動きを止めたのは、すぐ近くの地面にフキノトウが生えていたからだ。すっかり薹《とう》が立っていて、食べられそうにはないなと判断する。そして、そんな自分に苦笑した。

どれだけ食い意地が張っているのか。

自分というのは、こんなに食べ物に執着する人間だっただろうか。しかもひとつ見つけてしまうと、ついつい周辺も目で探ってしまうのだからあきれるしかない。

山菜採取するなら観光園でと言った時雨の案内は、正しい。

この状態でその辺から採取しようとしたら、食い意地のあまり、もれなく毒草も採ってしまいそうだ。

スイセンとニラをまちがえた中毒事故など、毎年のようにニュースになるではないか。まひろもきっとああなる。時雨も注意喚起していたが、なにせ芽出しの小さいうちは見分けがつかないものが――。

「あれ……？」

見分けがつかないと言えば。

ふと、ざらりとしたなにかが記憶をなでるような、そんな違和感があった。

（さくらちゃんもあきちゃんも、ほんとうに女の子だった……？）

潔いほどのベリーベリーショートが魅力の、さくら。

それより長めのショートカットの、あき。

いまの時代にこう判断することはよくないけれど、どちらも当時の髪型で言えば男子寄りだ。

いや。でも。

『男の子?』

『ちがうよ。髪が短いからって失礼だよ』

そんな会話があった気がする。

じわじわ、じわじわ、布に水がしみてくるように、記憶が奥深くから滲《にじ》み出てくる。

——そうだ。

たしかに訊いた。あまりにも髪が短いから、純粋に疑問に思って「男の子?」と。

そうしたら眉を吊り上げて激怒されたのだ。

あれはさくらだった。

(……だから、その流れで訊けなかったんだ)

また怒られたらいやだから。

まちがえて嫌われたらいやだから。

だから、さくらよりも髪が長いあきの性別を、まひろは確認しなかった。

べつに性別なんてどちらでも遊べるから。

(あきちゃんは妹じゃなく弟。男の子だったかもしれない)

女子がみんなさくらを真似して短めのショートにしていたのも紛らわしかった。

あるいは年月が経つうちに、女子は女子と遊ぶものという刷り込みから、勝手に女の子だと思い込んでしまったのか。

なんてこった。いや、そうでもないか。

仲良く遊んだのは事実で、絶交別れをしたのも事実だ。

性別なんて、どっちでもいいではないか。

……とは思ったものの、若干のもやもやは否めない。

面倒なことを思い出してしまったと後悔したけれど、その悩みは意外なほど迅速に解消された。

答えを持った人物と『ほしみ』で再会したからだ。

せっかく自転車をレンタルしたのだからと、史跡や記念館を巡り、夕方になってレンタサイクルを返却してもどってきたまひろは、『ほしみ』のカウンター席に座るうしろ姿に釘づけになった。

女性だ。腰が痛いのかトントン叩きながら、時雨に「炭酸ちょうだい！」と注文をしている。髪型は、潔いまでのベリーベリーショート！

ドキンとする。

まさか、まさかと思いながら、緊張の足取りでカウンターに向かった。

「おかえりなさい」

時雨が炭酸の注がれたグラスを女性に提供してから、あいさつをしてくれる。

まひろははくはくと口を動かした。

挙動不審だったが、さくらのことは覚えていると話してあったからか、時雨は事情を察したらしい。肯定するように小さくうなずいた。

なんて声をかけたらいいか。ちょうどよい言葉を思いつく前に、女性がまひろのほうを向く。

ばちっと目が合って、心の中で「やっぱり！」と叫ぶ。そうだ。見覚えがある気がする！

「宿泊のお客さん？　どうもこんにちは！　こんな格好ですみません。ちょっと休憩で失礼してます！」

「あ、はい……こんにちは」

　女性はすらりと背が高い。髪型は変わらずで、頭の形がきれいでよく似合っている。色は昔とちがってアッシュグレーで、耳元には大ぶりのピアスが揺れて格好いい。

　活発だった小学生は、すっかり大人の女性になっていた。

　こんな格好で、と本人が断ったのは、社名が入ったポロシャツにエプロンという仕事着だからだろう。

「――さくら、さん？」

「え、はい。あたしになにか？」

　ぶわわっと鳥肌が立った。正解だ。

　時雨もそうだと合図してくれていたけれど、本人が肯定するとやはり感動する。

「あの、わたし、まひろといいます。檜沢まひろ。昔……二十年くらい前にも只見に来たことがあって」

「へえ、そうなんですね」

　これは完全に世間話をてきとうに流し聴く顔だ。

　冷や水を浴びせられたわけではないけれど、懐かしさで高鳴っていた鼓動がすっと冷静さを取り戻す。

それ以上は説明をつづけられなくて、まひろはあいまいに笑んで、ひとつ席を空かせて腰を下ろした。

(昔会ったことがあるからなんだ、遊んだことがあるからなんだってなるよね)

これがふつうだろう。

詳細をこんこん説明されたって、相手だって対応に困る。

「養生茶ください」

まひろの注文に「はい」とうなずいてから、時雨はさくらに言う。

「こちら『おおとり』のお客さんだよ」

「あ、そうなの？　その節はどうも！　うちもう畳んじゃいましたけどね。女将になれるかと思ってたのに、いまはクリーニング店でパートの身です」

ここへはシーツ類の回収にきたと話す。愛想はいいが業務的だ。

時雨もちょっと焦れた顔をした。

「ほら夏休みに連泊していた、東京からのお客さん。ツキヨタケを取りに行ったりして遊んだだろ」

さくらはあまりピンと来ていない顔で瞬いて、首をかしげる。

「ごめん、覚えてないや」

「大丈夫ですお気になさらず。でも、さくらさんに再会できてうれしいです」

心から言ったけれど、さくらはそれを聞いてちょっと微妙な表情を浮かべる。

「さくらって、まあいいけど。それ旧姓なんだよね」

左手の薬指を指す。

ポカン……と、かなり間抜けな顔をしたと思う。

「み、苗字……？」

「そう。さくらが苗字。ますみが名前。いまは渡辺《わたなべ》だけど」

言って、カウンターテーブルに指で文字を書く。

佐倉真澄。

まひろは頭を抱えた。なんてことだ。名前じゃなく苗字！

記憶力に軽く絶望する。

（——いやいや、覚えているだけでも偉い。だって当時小学校低学年！　七歳くらいだよ！）

自分を励ましたけれど時雨が、

「そういうこともありますよ。俺のことも覚えてないくらいですし」

と、うしろから刺しに来る。

まひろは時雨を軽くねめつけた。

「もう、時雨さんも翔さんも、なんで教えてくれなかったんですか？」

「いや訂正するようなことでもなくないですか。実際、当時はまだ佐倉だったので。まさか下の名前として覚えているとは思わなかったですし」

「う」

時雨はきちんと『佐倉』として聞いていたのか。脱力だ。

「あ、あの、念のため確認しておきたいんですけど、妹か弟もいました……よね？」

おそるおそる訊く。

ダブルで間違えるのはさすがに恥ずかしい。

「ああ弟？　いるいる。え、なに、もしかして弟のこと女だと思ってた感じ？」

「え、えっと……はい」

「あーあるある！」

さくら改め、ますみは手を叩いて笑った。

「それはよくあるんだよね。あいつあたしより髪長かったし、顔もかわいかったから。名前も男女どっちでも通じるでしょ」

「ああ、それで……」

間違えるのがまひろだけでないというのは、ちょっとした救いだ。

「いまあいつ町の外に住んでるんだ。町の外っていうか、東京なんだけど」

「あ、じゃあ一緒ですね」

「よかったら話してみる？　会話してみたら、じつは東京で会ったことあるひとだった、なんてなったらめっちゃ面白くない？」

いまにも通話ボタンを押しそうな勢いでスマートフォンを取り出すので、あわてつつ丁重にお断りした。

懐かしいけれど、とつぜん通話となっても困る。

向こうだって、急に電話がかかってきたかと思えば「じつは二十数年前に……」なんて話を聞かされても困惑するだけだ。

きっと覚えていないだろうし、それに――。

（それに、ちょっと気まずいよ）

だってまひろは彼に、一方的に「大っ嫌い」と「絶交だから！」をつきつけて逃げたのだから。

＊

夕食は、ちょうど呉竹さんが同じタイミングで食堂へ下りてきたので、あいさつを交わしてそのまま一緒にカウンター席に座った。

ひとり旅なので、適度な距離感で話し相手がいるのはうれしい。

「どうでしたか？」

温かいおしぼりで手を拭きながら、訊いてみる。

呉竹さんは力なく笑んだ。

「どうでしょう……。ウチョウランはもう少し暖かくならないと咲かないようで」

「あぁ、花期がまだなんですね」

そもそも昔、奥さんと来たのは五月末か六月ごろという話だった。

「……それに、せっかく従業員さんが知恵を絞ってくれたから言いにくいんですが、ウチョウランはたぶん違うと思うのですよ」

お、と思う。

なにか根拠がありそうな雰囲気だ。

（花がなんだったのかはわからないけれど、ウチョウランではない根拠はある？）

詳しく聞きたかったが、食事が運ばれてきた。意識のほとんどがそちらに持っていかれる。

今夜のメニューはなんだろう？

運ばれてきたお膳の真ん中を陣取るのは、蓋つきの大きくて平たいお椀だ。

まひろは蓋をいそいそと開けて、度肝を抜かれた。

お椀にどでんっと魚が丸ごと一匹載っている。

その下から豪快にどでかい昆布やマイタケ、それに厚揚げが突き出ている。モリモリと盛られた大きな具がインパクト大だ。

「こちら『お平《ひら》』っていう郷土料理で、昔から冠婚葬祭や年越しなんかに出されていたお祝い料理です」

「なるほど。郷土料理！」

同じように目を丸くしていた呉竹さんと顔を見合わせて、「すごいですね」と笑った。

「祝い事なので形式が決まっています。具は七種類。盛りつけにも順序があって、まず下に大地の幸であるゴボウ、ニンジン、長芋を入れます。つぎに海の幸である結び昆布。そのつぎに山の幸マイタケ、その上に畑の幸である厚揚げ、一番上が川の幸でアカハラという魚です」

「盛る順序も決まっているなんて、さすが伝統って感じですね」

母がむかし年越し料理に出してくれていたものに似ている。煮しめの仲間といったところか。

「こっちの刺身はなんですか？」

マグロよりも濃い赤色をしたお刺身だ。魚というより肉かもしれない。

案の定、女将さんはお酒をつくりながら「そら馬刺しだよ」とニコニコ答える。

呉竹さんは不思議そうな顔だ。

「私が知っている馬刺しとは、ちょっとちがいますな。こんな赤身は味めてです」

「もしかして呉竹さんが食べたことがあるのは、熊本の馬刺しですか？」

お酒を運びながら時雨が言う。

「馬刺しでは『西の熊本、東の会津』なんていうんですけど、熊本の馬刺しはずんぐり肥える種類の馬をつかうのでサシが多いのが特徴です。一方俺たちのほうでは競走馬につかわれる筋肉質な馬を肉にしますので、サシがないさっぱりとした赤身がメインになります」

へえ、と他のお客さんも興味津々だ。

「熊本式は霜降りになった脂の甘みが味わえますし、会津の赤身はヘルシーで、赤身としての濃い旨味を楽しめます。どちらもおいしいですけど、俺は会津人ですから、やっぱり会津の馬肉をお薦めしますね。低糖質、低カロリーで、高たんぱく、高ビタミン。鉄分も多く含まれますから、美容にもいいですよ」

鉄分！　鉄分はどうしても不足しがちだからうれしいところだ。

おかずはほかに、タラの芽のゴマ味噌あえや、ワラビのお浸しなどがある。

蕎麦がきもあって、こちらはお酒のつまみ用にワサビなどでいただくのと、クルミ餡《あん》にあえてスイーツ感覚でいただくのと、二種用意されていた。

ちなみに蕎麦もクルミも会津の名産品とのこと。

きょうは日本酒がいいだろう。注文すると、女将さんが会津の地酒から見繕ってくれた。地元のものを地元のお酒で味わうというのは、格別だ。

「んん、『お平』、懐かしい味がしますね」

ふっくらした厚揚げから、じわっと出汁が染み出してくる。

ゴボウもニンジンもやわらかくて、土の香りと素材の味が活きていた。日本人の舌によくなじんだ味だ。しかも恐ろしいほど日本酒とよく合う。和食にはやっぱり日本酒だ。

呉竹さんもぐいぐいとお酒をあおっていた。

「これは出鼻から飲み過ぎてしまいますな」

「ですね。じゃあつぎは馬刺し……食べてみようかな」

まひろは馬刺し初体験だ。

何年か前、会社の飲み会で行った居酒屋さんで出たことがあるけれど、あのときはちょっと箸が伸びなかった。

そもそもお肉を生で食べるということに抵抗がある。

(でも、せっかくだから)

くいっと日本酒で口のなかをリセットして、馬刺しに箸を伸ばす。

濃い赤色をした、いかにも獣肉といった見た目の完全なる赤身だ。

「辛子味噌をしょう油でといたものをつけて食べるのが会津風です」

時雨が言うので、よし、と辛子味噌のしょう油にさっとくぐらせ、ぱくりと一口。

(あ、ぜんぜん獣臭くない……!)

それどころか、辛子味噌の刺激的な味のなかから、噛めば噛むほどお肉の旨味があらわれる。

「おいひい!」

(あぁ、しかもこれもまた日本酒と合う……)

日本酒が馬刺しの旨味を広げながら、最後にはキリッと口のなかをリセットしてくれる。残るのは華やかな後口で、一杯目のグラスがすぐに空になった。

呉竹さんはいつのまにかグラスを並べ、日本酒を数種類飲み比べで出してもらっている。

「あ、呉竹さんいいですね」

「いやあ、時雨くんが薦めるから。福島のお酒は賞をたくさん取っているらしいしね」

「んだよ、ンまいんだから。まひろちゃんもどうだい？」

女将さんが数本の地酒をカウンターにならべる。

「わたし、そんなにお酒強いわけじゃないんですよ……」

言いつつ、いやいやまだつまみがあるなとも思う。

蕎麦がきと日本酒だなんて乙な呑みかた、かっこいいオトナみたいでちょっと憧れる。

「じゃあ、ちょっとずつください」

誘惑には逆らえなかった。

だいぶ飲み過ぎた。

ふぅーっと満足の息をはきながら、カウンター席の背もたれに思いっきりもたれかかる。

呑んだし食べた。締めには味噌焼きおにぎりまで出てきて、大満足だった。サイズもまひろに合わせて小ぶりにしてくれたので、ちょうどよく食べきれた。残す罪悪感がないというのもいい。

食堂はオレンジ色のオイルランプの光で包まれていて、いまは時雨が淹れるコーヒーの香りに満ちている。まひろはハーブティーだ。

(食後のコーヒーっていいなぁ)

この香ばしい香りはやはり存在感が圧倒的だ。

東京に帰ったらコーヒーメーカーでも買いに行こうか。そんなことを思う。

(それから、つぎにハロワに行って……)

現実的な先行きを考えたら、一気に気分が沈んだ。

いまはただ、現実逃避しているだけだ。

滞在が終わったら東京に帰らなくてはならないし、帰れば待っているのはひとりぼっちのマンションの部屋、それだけだ。

二十九歳、独身無職。その冷たい現実だけが待っている。

「――よかったら、どうぞ」

うつむきがちにハーブティーを啜っていると、時雨がカウンターにふたつ、ガラスの器を差し出した。

「試作品なので、サービスです」

盛られているのは、つるんと丸いゼリーだ。

水のように透きとおって透明で、中には小さな花が閉じ込められている。器の底に薄く張られているのは蜂蜜だろうか。

全体的に儚《はかな》くて、とてもきれいなデザートだった。

「ありがとうございます。中に入っているのはなんていう花ですか？」

ほかのテーブルにも運び終え、もどってきた時雨に尋ねる。

「これはシュンランといいます」

「ラン……」

スプーンを突き刺そうとしていた呉竹さんがその手を止めて、ゼリーのなかをしげしげと眺めた。

淡い黄緑色をした羽のような花びら——あるいは葉のようなものが三方向にのび、真ん中は紫色の斑点がのぞいている。

ランと言っても豪奢な花ではなく、いかにも山野草といった趣の、風情ある小さな花だ。

「とてもひっそりと咲くランです。西洋ランのようにパッと目を惹く派手な美しさはありませんが、ひかえめで物静かなたたずまいをした、いかにも日本的なランですね。こちらもウチョウランと同様、只見で見ることができます」

ただ、盗掘で数が減った貴重な山野草で、只見では厚く保護されているとのことだ。

今回ゼリーにしたのは栽培物であるらしい。

「ゼリー自体は只見の湧き水を使っています。使っているというか水そのもの、水ゼリーというやつですね。水自体がおいしいのでほかの味はつけていません。蜂蜜と一緒にどうぞ」

県内にある尾瀬のほうでも名水を利用した『水ゼリー』というお土産がつくられているらしい。そのマネですね、と時雨は説明した。

「風情がありますね」

「これはまた乙ですな」

スプーンですくうと、驚くほど透きとおっているのがよくわかる。

口に含むと、ふるふるとした滑らかなゼリーが舌を滑っていく。蜂蜜のほのかな甘味を感じた頃には、するっとまさに水のように涼やかにのどを通りすぎた。シュンランのシャキッとした歯ごたえがよいアクセントだ。

山野の可憐《かれん》な一シーンを水滴に閉じ込めたような、とても風情あるゼリーだった。

「おいしかったです。ごちそうさまでした。ランといってもいろいろあるんですね」

最後は呉竹さんに向けての言葉だ。

呉竹さんは空になったガラスの器を眺めながら頷いて、それから「ありがとう」と時雨に礼を言った。

「これはランを探している私のために、わざわざ用意してくださったものでしょう？　少しでも心の慰めになるようにと」

時雨は答えなかったが、やわらかく微笑んだ。

きっと、呉竹さんが失望だけでこの旅を終えることがないようにとの気遣いなのだろう。少しでも楽しんでほしいとの思いやりが見えて、胸が温かくなる。

そういうおもてなしができる時雨を、素敵なひとだなと思った。

呉竹さんはもう一度礼を言って、席を立とうとする。

まひろは思わずそれを引き留めていた。

「あのっ！」

「？」

「もし……もしよかったらなんですが、奥様が残されたという手帳、拝見できませんか？」

意を決して、まひろは尋ねた。

コチョウランではなくウチョウランだったのでは？　という話が出たとき、呉竹さんは明らかにその可能性を考えていない様子だった。

書きまちがいではないと判断するだけの理由があるのだろう。

それがわかれば、もう少し奥さんが見たという花に近づけるのではないか。そんなふうに思う。

そしてできれば奥さんが見たという花を特定して、呉竹さんにも見せてあげたい。

奥さんが見たという花の思い出を共有したいという切なる願いを、どうか叶《かな》えて帰ってほしい。

呉竹さんはちょっと面食らったようだったけれど、「いいですよ」と言って懐に手を入れ、一冊の手帳を取り出した。そうやって持ち歩いていることにも、呉竹さんの想いの強さが見て取れる。

花柄の小さな手帳だ。

奥さんがよく持ち歩いていたのか、それとも呉竹さんがいまのように肌身離さずで携帯していたからか、端がよれてずいぶんとボロボロだった。

「――どうぞ。このページです」

失礼しますと断って、時雨とふたりでページをのぞき込む。

カレンダーは二月。メモ用に罫線が刻まれた欄に、それはあった。

『夫と只見で見た姫花。美しかった。胡蝶〼
花のよい思い出。またふたりで行ければ』

たしかに、呉竹さんが言っていたのとほとんど同じ内容の書き込みだ。

「漢字だったんですね。それに達筆」

ボールペンで書かれたものだが、筆を滑らかに走らせたようなきれいな文字だ。

ただし、このままだと『胡蝶蘭』ではなく『胡蝶』だ。

後ろの一文字くらいがちょうどページの端に位置するのだが、破れて欠けてしまっている。

(でもなるほど。カタカナならコチョウランとウチョウランを書きまちがえることがあるかもしれないけど、漢字だったらそれはないか)

『コ』と『ウ』をうっかり……というならなんとなく理解できなくはないけれど、ウチョウランは図鑑で見たとき、漢字で羽蝶蘭とあった。『羽』と『胡』を書きまちがえることはないだろう。

「胡蝶、胡蝶蘭……」

時雨はなにか考え込む様子だ。それから、「呉竹さん、ここが欠けてしまったのはいつですか？」と尋ねた。

「さあ……私が見つけたときにはすでにこの状態で」

まひろはハッとした。

「じゃあ『胡蝶蘭』と書いてあったかどうかは不明ってことですよね？　もしかするとこれ、『胡蝶蘭』じゃない可能性もあるんじゃないですか？　たとえば三文字目が破れて欠けたというのは思い違いで、もともと『胡蝶』だけなんです。ほら、胡蝶ってチョウのことをいったりもしますよね？　奥さんが見たというのはきれいなチョウのことだったのかもしれませんよ」

まひろも昔、只見で青いチョウを探したことがある。あのときはたしか見つからなかったけれど、奥さんはなにか珍しいチョウを発見したのかも。

我ながらなかなかの名推理だ！

まひろは興奮したけれど、呉竹さんは苦笑した。

「いやいやお嬢さん、うしろに『花のよい思い出』とあるでしょう。だからやっぱり花なのですよ」

「あ……そうか。そうですよね……」

残念。とんだ迷推理だった。

「胡蝶で花かぁ……やっぱり胡蝶蘭になっちゃいますよね……」

だめだ。完全に振り出しにもどってしまった。

うーん、と呉竹さんと頭をひねって考え込んでいると、時雨が静かな声で「あ」と言った。

呉竹さんが期待のにじんだ目で時雨を見つめる。

「なにか……わかりましたか？」

「ええ。呉竹さん、あした少しお時間いただけますか？　案内しますので、一緒に見に行きましょう」

＊

翌日、まひろは朝食を食べ終えると、いったん部屋にもどった。

念入りに日焼け止めを塗り、デニムのパンツをやめてストレッチスキニーにはき替えた。上は長袖のトレーナー、そしてスプリングジャケット。

今朝もカウンターで呉竹さんと同席したのだが、その際に「一緒に行きませんか」と誘われたのだ。

あまりにも首をつっこみ過ぎかという思いもあったが、只見で見たという『胡蝶⧄』がやっぱり気になる。「男ふたりではさみしいから」というお言葉に甘えて、同行することにした。

時雨いわく、ちょっと歩くとのことなので、動きやすい服装がいい。

出発前にテレビで確認した天気は晴れ。最高気温は十九度だ。

朝晩は山間部らしく一桁で、まだ残雪が目につくくらいの寒さだが、昼間はそれなりに暖かい。歩くことを考慮すると服装に困るなと思いながら、かといってそうたくさん着替えをもってきているわけではないので妥協した。

初日の参道登山やきのうの自転車で完全に筋肉痛が襲来していたが、これもあきらめるしかない。筋肉痛はプレゼントだという言葉もあるし、むしろ健康に近づいている証だと思うことにする。

朝食後の片づけなどを終えた時雨が呼びに来て、車に乗り合わせて出発する。

運転は時雨だ。

「すまないね。女将さんも男手がないと困るだろうに」

呉竹さんが恐縮するが、時雨はいたって楽しげだ。

「いえいえ。お袋はまだまだ元気なんで大丈夫です。それに何かあったら同級生がすぐに助太刀に行きますから、ご心配なく。家業に縛られている以上、このくらいの自由はないと困ります」

まあさんざん自由に生きてますけどね、と言って笑う。

田舎を嫌って一度は家を出たことを言っているのだろう。

「民宿家業は大変でしょう」

「楽ではありませんね。でも勤め人で挫折しているので、こういうところでのコツコツした暮らしが性に合っているのかもしれません。まあ、ここが合わないなんて言ったら、もう居場所がなくなってしまいますけど」

「わたし、ここでの暮らしがどうとかはわかりませんけど、それでも時雨さんには『ほしみ』がとても合っているって思います。かも、とかじゃなくて！」

時雨の物言いが自虐をはらんでいるように聞こえたので、思わず口をはさんでしまった。

「だって親身になってくれるおもてなしが、とても素敵ですから」

バックミラーに映った時雨の目が、まひろを見ている。

急激に恥ずかしくなった。こんな閉鎖空間でなにを口走っているのか。

めちゃくちゃ気まずくて、穴があったら入りたい。

なにかうまい誤魔化しの言葉はないか――内心で冷や汗まみれになっていると、呉竹さんも「たしかにそうですな」と同意して空気を和らげてくれた。

「ゼリーもしかり。いまこの時もしかり」

「そうです！　夜中にわたしのためにつくってくれたお味噌汁、おいしかったです」

「……ほぼ食べ物ですか」

時雨は残念そうに言ったが、表情は笑っている。

それを見て、まひろも気分が明るくなった。

窓の外を眺めれば、淡い新緑の景色が流れていっては現れる。

「只見っていいところですね」

「ほんとうに美しい。この大自然のなかを一緒に歩いてやったら、家内も喜んだだろうに」

「呉竹さん。奥さまきっと喜んでますよ。思い出を共有しようとここまで足を運ぶなんて、なかなかできることではありません。その愛情深さは生前もしっかり伝わっていたはずです」

時雨が言い、車速を落とす。目的地に着いたようだった。

登山道の入り口のようなところで、車から降りる。

「山を登るんですか？」

もしかして、くだんの『胡蝶⧄』とは高山植物なのだろうか。

筋肉痛が現れはじめていて、足腰がギシギシするまひろはちょっと身構えた。

時雨は首をふる。

「山道に見えますけど、山登りではないので安心してください」

周囲を見回して、呉竹さんが怪訝な顔をする。

「こんなところ来た覚えは……」

「すみません、来たかどうかで言うと、来てはいないと思います。ただ季節柄、花が咲いている場所の心当たりがここだったので。たぶん、奥さんと一緒に見たのはまたべつの場所だと思います」

「そうか、私が早合点して一か月も早く来てしまったから……苦労をかけて申し訳ない」

「歩く苦労は呉竹さんご自身も一緒ですよ」

気の好い笑顔で、時雨は呉竹さんとまひろを率いて歩く。

未舗装の道だ。左右はすっかり林である。時雨が腰につけた熊鈴がけたたましい音を立てている。

「熊とか、やっぱり出るんですか？」

「やだなあ、熊なんてどこにでもいますよ」

そんな爽やかに言われても困る。

ただ、まだ芽吹いたばかりの木々は木漏れ日が明るいのが救いだ。

これが密集した針葉樹林だったら引き返したくなったかもしれないが、新緑の枝が風に揺れるたびに踊る木漏れ日はきれいだった。

なんだか清々しくなってきて、これが時雨の言っていたフィトンチッド効果というやつかなどと思いはじめたころ、開けた場所に出た。

そして、

「あ、桜！」

思わず声が出た。

開けた土地の奥に、小さな崖がある。その手前に、ぐにゃりと曲がった黒い巨木が鎮座していた。

雪の重みに耐えかねたのか、それとも嵐や落雷の被害にあったのか、大空に広げていたであろう立派な枝はぼきりと無残に折れてしまっている。

だが、その折れた枝の根元から若枝がのび、わずかな花をつけていた。

そういえば残雪もあるのだ。春の到来の遅さを実感する。

「この木、こんなになってもまだ生きているんですね。すごい生命力……」

「オオヤマザクラです。只見の豪雪に耐えて生きてきた大木ですから、強いです」

「もしかして、桜が家内が見た花の正体であると？」

「いいえ呉竹さん。こっちです」

時雨は桜のうしろ、崖の下を指さした。

白くほのかに輝くように、可憐な花が咲いている。白地にくっきりと鮮やかに入った、黄色と青紫の模様が印象的だ。

「これが……」

「はい。これがお探しの『胡蝶』です。あるいは『胡蝶花』」

「え？」

胡蝶。あるいは胡蝶花――

呉竹さんは膝をついて、群生した花を食い入るように眺めた。

「そうか。あれは一字欠けてはいなかったのか。胡蝶花という花があるんですね。二行目とつながっていた……。私はてっきり胡蝶蘭だとばかり……なんと無知で、お恥ずかしい」

「胡蝶と書いて、じつはシャガと読みます」

「え？」

呉竹さんは驚いたが、まひろだって驚いた。

胡蝶と書いて、シャガ？　どこをどう読んだらそうなるのか。

疑問が顔に駄々洩れだったのか、時雨はまひろを見て「疑問なのはよくわかります」と微笑する。

「俺も不思議に思って調べたことがあるんです。けっこう紆余曲折を経た花みたいですよ。もともと胡蝶花《コチョウカ》という名前で大陸を渡ってきたのに、いつのまにかヒオウギという花と混同されたみたいです。そのヒオウギが別名を射干《シャガ》とも言ったらしく」

「つまり、似ていたから勘違いされた？」

「いえ、これがまったく似ていないんですが……」

ん？

「まあ、なんでかこの花、その『シャガ』という名前で勘違いされはじめて定着してしまったらしいです。なので、一般的にはシャガを漢字表記するときは『射干』と書きます。

胡蝶、あるいは胡蝶花と書くのは本来の字ですね」

　諸説ありですが、と時雨は最後につけ加える。

　正直、ちょっとよくわからない。

「でもよかった。名前の変遷はともかく、これで只見で見たコチョウランの謎、解けましたね」

「はい。『胡蝶□』は三文字目が欠けていたにしても、欠けていなかったにしても、シャガであろうと思います。ただ、季節が五月末から六月だったとのことで、正確にはヒメシャガだったのではないかと俺は考えています。手帳にも、『姫花』とありますから」

「ヒメシャガ？」

「シャガに似た小さな花です。いまは花期ではありませんが、只見では駅裏手にある縁結びの神社あたりでも見ることができます。行かれませんでしたか？」

「駅……？」

　呉竹さんは、はじめは心当たりがないような顔をしていたが、シャガを見つめるうちに、あ、という顔をする。

「そうだ。この花……見た」

「呉竹さんが昔行かれた時期でしたら、あそこではヒメサユリの花も咲いていたでしょう。

ピンク色のとても愛らしいユリの花です。これも手帳にあるような『姫花』ですね。けれども非常に印象的なヒメサユリよりも、ヒメシャガをまたふたりでみたいと奥さんは願っていたんですね」

とても素敵な話だなと思います、と時雨は言う。

「それは、どういう……？」

「奥さん、花言葉の本をつねに持ち歩いてらしたとか」

「ええ」

なんの話かと瞬く呉竹さんに、時雨はとても温かなまなざしで微笑みかける。

「ヒメシャガの花言葉は、『変わらぬ愛』です」

「……！」

呉竹さんが息をのむのがわかった。

「ヒメシャガはヒメサユリとちがい、けっしてここでしか見られないような珍しい花ではありません。けれども手帳に書き込むくらい、印象深かったのでしょう。それはきっと、花自体ではなく、『変わらぬ愛』をふたりで見た、という思い出にこそ意味があったのだと、俺はそう思います」

時雨を見て、花を見て、呉竹さんの肩が小さく震える。

「……いや、だってあれは……列車の写真を撮るのにまだ時間があったから、その暇つぶしで登っただけで……なのに、お前は……」

そういえば呉竹さんは、奥さんにはまるで興味のない旅に同行させてしまった、と後悔していた。世話係あつかいだったと。

けれども奥さんは、呉竹さんが後悔するほどには嫌な思いをする旅ではなかったのかもしれない。

いや。むしろ、きっと楽しかったのだろう。呉竹さんの鉄道趣味につきあい、一緒に列車に乗り、ふたりで車窓から絶景を見て、ふたりで山里に宿泊し、ふたりで山の神社を詣で、花を見た。その花は『変わらぬ愛』。

だからこそ死を前にして、当時の思い出を懐かしんだ。

またふたりでと望むほどに。

「呉竹さん、どうぞまた来てください。つぎはぜひ来月、ヒメサユリとヒメシャガが咲く季節に」

まひろと時雨は邪魔しないように、そっと呉竹さんから距離をとった。

呉竹さんはただ無言でたたずんで、いつまでもいつまでも、じっとシャガの花を見つめていた。

四話　苦みのフキノトウリゾット

——もう、あきちゃんなんて大っ嫌い！　絶交だから！


薄暗い部屋のなかで、ぱちりと目が覚めた。

まひろは瞬きし、枕元に置いた腕時計で時間を確認する。

朝四時。なんてこと。

早起き記録更新だ。なんなら野鳥よりも早い。

もう一度寝ようと布団を頭まで引き上げる。じっと無の心境で眠りにつこうとするが、目が冴えていた。

「……」

原因はわかっている。変な夢を見たからだ。

変な夢というか、過去に起こった出来事でもある。寝る前に布団のなかでずっと考えていたせいだろう。

まひろはもぞもぞと布団の中で寝返りをうった。

あれは二十数年前、只見から東京に帰る前日のことだ。

午前中から子どもたちは河原に集まって水遊びをしていて、まひろもそこに交じって魚探しに夢中になっていた。

小学校低学年を中心にした、いつものメンバーだ。

いつもとちがったのは、いったんお昼を食べに帰ったまひろが戻ってきたとき、みんなが一斉に戸惑いの表情で迎えたこと。

「フリンって言うんだぜ」

面と向かってそう言われた時の衝撃は、いまも忘れられない。

低学年グループのなかでも体の大きい男子だった。まひろの母親が、妻子ある男性と親しげにしている姿を見たのだという。

詳しくは覚えていないけれど、当然ケンカになった。

取っ組み合いになり、どういう流れだったか、まひろが馬乗りになった。周囲からは悲鳴が上がり、男子は屈辱を晴らすように叫んだ。

「俺は見たんだ。なあ！　お前の父ちゃんだったぞ、知ってるんだろ！」

男子が指さしたのは、その場にいたあきだった。姉のさくら——佐倉真澄はちょうどいなかった。

強いさくらがいないことはがっかりだったけれど、それでもまひろは安心した。

仲良しのあきなら、これがウソだってわかってくれる。

みんなの前で、ウソだって証言してくれる。

お母さんが勘違いで悪く言われているのを助けてくれる。そう思った。

けれど、あきは何も言わなかった。

ただうつむいて黙るだけで、なにも言ってはくれなかった。

絶対ウソなのに。見間違いか勘違いなのに。みんなの前で、否定してくれなかった。悲しくて、悔しくて、腹立たしくて、

「もう、あきちゃんなんて大っ嫌い！　絶交だから！」

そう叫んで別れた。それっきり。

つぎの日は、会わないままに東京に帰る車に飛び乗った。

（……思えば、あの男子もけっこうひどかったな、とも感じなくはないけれど）

けれども母がそういうことをしていないのは、まひろが一番よく知っている。

あれは完全に男子の見間違いで勘違いであったので、まひろにとっては『母のフリン疑惑事件』ではなく、『友だちにひどいことを言ってしまった事件』として刻まれているのだ。

同時に『友だちにひどいことを言われた事件』でもあるけれど、そちらは割とどうでもいい。苦いのはあくまで、あきに放ってしまった暴言だ。

だって、あきはなにも悪くなかった。

あれは男子とまひろのケンカだった。

それなのに、まひろは男子に絶交を言い渡すのではなく、ただ居合わせただけのあきに向かって苛立ちをぶつけてしまった。

あきが翌日、只見を去るまひろたちの車を走って追いかけてくれたことも知っている。

ごめんね、ごめんねと叫ぶ声も聞こえていた。

でも、無視した。

あのとき、勢いのまま絶交なんてするのではなく、最後に会ってきちんと話をしていれば。謝っていれば。ずっとそれだけが心残りでならない。

楽しかった十日間を締めくくる、忘れられない苦い別れになった。

（……だめだ。二度寝なんてできそうにない）

幾度目かの寝返りをうち、まひろは観念して布団から頭を出した。

いつの間にか、窓の外からは鳥のさえずりがやかましく響いていて苦笑する。人間のことなんてお構いなし、生き物がすごく近い。それが只見だなと思う。

だが、これももうすぐ終わりだ。

明日は東京。槍沢まひろの現実が待っている。

とたんに気が重くなって、ため息が出た。

気を紛らわせようと布団のなかからテレビをつける。

ほとんどＮＨＫとテレビショッピングしかやっていない時間だが、ＢＳでは連休を盛り上げようとしてか、朝も早よから元気に旅番組が放送されていた。

特集されているのは、某有名温泉地だ。

外国人観光客から若いカップル、シニアのご夫婦など、幅広い層が温泉街をにぎやかに歩いている映像が流れていた。

（そういえばここ、行ってみたかった場所だ）

東京に帰ったら、求職活動をしながら、こういう温泉巡りの旅にでも出てみようか。

温泉に浸かって、浴衣で温泉街を食べ歩きして……おひとりさまでも楽しそうだ。

でも同時に、無理だなという思いもあった。

楽しそうな人が多すぎる。幸せそうな人が多すぎる。

いまのまひろには、それがちょっとだけダメージだ。たぶん賑やかな人混みのなかで、孤独を痛感してしまうだろう。

社会と隔絶されたという現実を思い知らされるのは、たとえそれが真実であってもやっぱりつらい。

そして、人混みのなかに知った顔を見つけやしないかというのも、また恐怖だ。

(たぶんわたしには、この『ほしみ』がちょうどいい)

まさにほっと一息つける、味噌汁のような温かさ。

(お味噌汁……)

ぐぅー、とおなかが鳴った。

きょうのお味噌汁、なんだろう?

＊

「ええぇ……なにこれ……」

待ちに待った朝食の時間。

まひろはカウンター席で味噌汁のお椀を手に、うち震えていた。

おいしすぎる！

はじめての衝撃だ。味噌汁でこんなに衝撃を受けたのは、人生初ではないだろうか。

(え、ちょっと待って、なくなっちゃう。飲んだらなくなっちゃうのに止まらない！　だれかわたしを止めて……！)

「あ、あの！」

まひろは配膳を終えてカウンター内にもどってきた時雨に声をかけた。

「時雨さん、このお味噌汁なんですか!?」

勢い込むまひろに多少気圧《けお》されつつ、時雨は「ヒラタケですよ」と答えた。

ヒラタケ。

空っぽになったお椀の底を眺める。悲しい。そう、空なのだ。飲み干してしまった。

呆然《ぼうぜん》とするまひろに、時雨がそっとささやく。

「お代わりいかがですか？」

「お願いします！」

救いの神だ。

目いっぱいに注がれてもどってきたお椀に、ほっとした。

「わたし東京に帰ったら、まずはお味噌汁の材料を買おうと思います」

唐突だが強い決意で言ってみる。

家の顆粒だしも味噌も、切らしてから補充することもないままずいぶんと月日が経っている。

この滞在でもっとも痛感したことは、たぶん味噌汁のおいしさだ。

朝起きて、あったかい味噌汁を飲む。それだけでなんだかすべてが整うような、そんな気さえする。

もちろん夜ごはんにも味噌汁だ。大したものなんてつくらなくてもいい。味噌汁とごはん。めんどうなら出汁は引かなくたっていい。インスタントでもいい。

時雨は笑う。

「まひろちゃんは味噌汁党ってやつですね」

「味噌汁党。いい言葉です」

よし、入党しよう。

まひろは気を落ち着かせて、お椀に口をつけた。

湯気とともに、豊かなキノコの香りが立ちのぼる。

シイタケとはまったく違う、上品な香りだ。

ずず、とちょっと熱いのを我慢して啜ると、口のなかに濃厚なキノコの旨味が広がる。

これが、すごい。

マイタケやブナシメジとは比べ物にならない、舌を包み込むような旨味！

飲み込んだあとも強い余韻があって、あとを引くうまさだ。

じん、と体中がうまさに震える。

つぎに、汁の具ヒラタケそのものを味わおうと箸を持つ。

ヒラタケ……さきほどは初めて聞いた名前かと思ったが、よく考えてみれば、何回かテレビのCMで見たことがある気がする。霜降りナントカ。キノコなのに霜降り!?　と、そのネーミングに驚いた記憶がある、あれだ。

見た目は、キノコだから当然だが至極地味。

傘は肉厚で平べったく波打ち、灰褐色をしている。食べやすい大きさよりちょっと大きめに刻まれていて、そのダイナミックさがいい。

　はむっと口に入れると、ほどよい弾力があってやわらかい。

　味はしいて言えばブナシメジに似てるかもしれないけれど、まひろとしては比べるのもおこがましいと思ってしまう。

　まず、ブナシメジでこんなに感動したことはない。

「んんっ、おいしいです！」

「よかった」

　時雨が心底うれしそうに目を細めてほほ笑む。ちょっとドキッとする笑みだ。

（大丈夫。きょうはちゃんとメイクしてから下りてきたから）

　だから落ち着け、と自分を制してから、なんのこっちゃと内心でつっこみを入れる。

　べつにすっぴんでもいいはずだ。なにを恥ずかしがっているのか。おかしいだろう。

「あのっ」

　声が上ずった。

「こんなおいしいキノコあるんですね、初めて食べました」

「天然物は味にバラつきがあるんですが、これは優良なやつでしたね。まひろちゃんがツキヨタケの話をしていたので、翔の伝手《つて》で仕入れてみました。もうじき終わりの季節なんですけど、残雪が多いところではまだ採れるので。これもブナの森の恵みです」

「ツキヨタケとヒラタケ、なにか関係が？」

「似ているのでよく誤食されるんです」

「え、そういう……」

満面の笑みで言われても、ちょっと怖い。

通りかかった女将さんが、コツンとげんこつで時雨を叱る。

「こら、よけいなこと言ってんでね！　ちゃあんとその道の玄人が採ったやつだからさすけねえよ、まひろちゃん」

「さすけねえ？」

「さすけねえは大丈夫って意味だ。安心して食ってけやれ」

そういうと、女将さんはほかの客に呼ばれてカウンターを離れていった。

「俺も根拠なく大丈夫って言っているわけでもないので、そのあたりも安心してください。ツキヨタケの軸はヒラタケより硬くてしっかりしていますし、半分に割くと中に黒いシミがあるので見分けがつきます」

「光りますしね！」

「まあ、この三つの条件のどれにも該当しないツキヨタケもあったりするのが、毒キノコの怖いところなんですが」

「え……」

まひろが味噌汁を手に顔を青くすると、時雨は楽しそうに肩を揺らす。

もう。意地悪だ。

「そんな顔しないでください。ウソですよ……とは言えないんですけどね」

毒キノコ、おそるべし。

「でも、毒があっても食べちゃいそうな味ですね。あ、食べないです食べないです。大丈夫！　キノコはちゃんとスーパーで栽培物を買って食べます」

「約束ですよ」と時雨が念を押すので首を縦にふる。

栽培物ならツキヨタケと誤食する可能性はない。安全だ。

「もしご自宅でつくるなら、ヒラタケを多めにするといいですよ。栽培物は味が安定しているのがいいところですが、天然物の当たりキノコよりはどうしても劣りますから。あとは半日ほど天日で干して旨味を凝縮させるのも手です。香りを楽しむなら、ほかの具も入れないほうがいいかと思います」

「ぜひやってみます！」

それからまひろは、泳いでいるように身をくねらせて焼かれたイワナの塩焼きを見つめた。

「頭からいけますよ」

二日目の朝食のときと同じように時雨が教えてくれる。

じつは、まひろは魚の骨が少し苦手だ。前回はサンマのように頭と背骨を残して食べた。

どうしようか……まひろは少し迷ってから、勇気を出して箸で頭を落とし、かぶりついた。

(あ、やわらかい)

骨を警戒したけれど、まるで気にならない。

よく焼かれた皮は香ばしく、身はやわらかくて淡白だ。清流を泳いでいるだけあって、魚の臭みなどはまるで感じない。

「ん」

さらに大きくかぶりついたところで、なかに何か入っていたことに気がついた。

(あ、味噌か！　あと大葉の香り！)

大葉を刻んだ甘めの味噌が腹にぬってあったらしい。これがイワナの上品な味とよく合う。

箸で落としたお頭を結局食べ、ごはんをかき込んだ。絶品！

（あぁ、こういう食生活とも、あしたでお別れか……）

「――あしたでお帰りですね」

思ったことが筒抜けだったようなタイミングで、時雨が言う。

「帰りは、ほかにもどこかに寄って観光して行くんですか？」

「観光……それもいいですね。ぐるっと湖のほうを大回りして、会津観光をして帰るのでもいいかも。時間だけはたくさんあるので」

時雨は「本気か？」と言わんばかりの顔だ。

「猪苗代湖《いなわしろ》を回っていく気ですか？　たぶん想像しているよりけっこう広いと思いますよ」

「……」

「そうなんですか？」

こういう時、スマホがあればルートと所要時間がすぐにわかるのだが。

「でも、元気になったのなら、よかった」

時雨はわが事のように安堵した様子で、相好《そうごう》を崩す。

元気になってよかった――赤の他人のその言葉が、なんだかすごくうれしい。ごはんが進む。

「ところできょうのお風呂ですが、『むら湯』か保養センターに行く予定ですか？」

「お風呂……まだ決めてないですけど」

「じゃあ、最後にどうぞうちのお風呂も浸かって行ってください。今日は薬湯にしようと思っているんです」

「薬湯？」

もぐ、と箸を止める。

「まあうちの場合は立派なものじゃなくて、薬草をどぼんと入れて沸かしたお風呂ですけど」

薬草風呂だ。ああ、なんだか癒されそうな気がする。

ぜひ、と返事すると、時雨はうれしそうに目を細める。この表情、嫌いじゃない。

「よかった。薬草なんですけど、菖蒲《しょうぶ》の匂いは苦手な人もいますし、クスノキかヨモギにしようかなと考えています。どっちがいいと思います？」

「ヨモギはなんとなくイメージできるんですけど、クスノキっていうのは？」

「匂いは、ちょっと言い方が悪いですけど樟脳《しょうのう》の匂いです。着物タンスの匂いっていうとわかりやすいかな」

「ん、それはちょっと、いやかもしれないです」

「イメージがなんか悪いんですよね……でも嘘じゃないしなぁ。樟脳って言うといやがられますけど、クスノキはとても薬効が高い木なんですよ。筋肉痛、打撲、捻挫、血行の改善、消炎、鎮痛、いろいろ効能がありますし」

「筋肉痛……」

ギシギシ鳴っているまひろの足に、それはありがたい。

ちなみにヨモギにはホルモンバランスを整える香り成分が含まれていて、ほかにも安眠作用や殺菌抗炎症作用、強いリラックス効果などがあるそうだ。

どちらもよくて、とても迷う。

「そうだ、両方入れるというのは？」

「うーん……混ぜてもいいと思いますけど、そのうえで心地よい香りをつくるのには配分の研究が必要かもしれないです」

たしかにそうか。

まひろはかなり迷って、最終的にクスノキを選んだ。

やっぱり筋肉痛を何とかしたいし、ヨモギ香の入浴剤ならドラッグストアでも手に入る気がしたからだ。

クスノキ風呂に入るのは、たぶん人生でこの機会くらいだろう。

「じゃあ、お風呂は五時には沸かしておきますから、入りたい時に声をかけてください。

ほとんどの方がきょうチェックアウトなので、まひろちゃんしか入らないと思います。好きな時間に好きなだけ浸かってください」

まだ起きてきていないが、呉竹さんもきょう帰るとのことだ。

「そっか、きょうで連休最終日ですもんね……」

平日の月曜日に帰ろうとしているのは、まひろくらいだ。

自分だけ社会から隔絶されているのを実感して、少し気持ちが沈む。

そんなまひろを元気づけるように、時雨は「お風呂に入るといいですよ」とやさしい声で励ますように言った。

「え？」

「東京に帰ったらの話です。シャワーで済ませるのではなくて、浴槽にお湯を張って、好きな香りの入浴剤を入れて、のんびりと入るんです。薬湯や温泉のような効能あるお湯でなくても、もともと入浴にはβエンドルフィンやセロトニンの分泌を促進させる効果があります。どちらも幸せホルモンと呼ばれる物質ですから、お風呂は幸せの元ですね」

「お風呂って大事なんですね」

思えば、お風呂に入る時間が惜しくて、いつもシャワーで済ませていた。

いま住んでいるマンションの浴槽なんて、何度使ったことがあるだろう？

使ったあとで洗わなくてはいけないのも面倒で、解雇されてからは時間があるにもかかわらず横着していた。

「あと、おいしいものを食べることも大事です。おいしいって感じるとき、脳内ではβエンドルフィンが放出されているそうですから。つらいときはおいしいものをいっぱい食べて、ゆっくり湯船に浸かってください」

「はい」

「もしそれでもだめだったら、またいつでも遊びに来てください。夏なんかはとてもいいんですよ。ブナの森がとてもきれいなんです」

＊

ブナの森がきれい。

そう言われたら、やはり一番のおすすめと言われた『癒しの森』に行きたくなる。

昔、佐倉真澄たちと行ったブナの森が『癒しの森』だったのか、またべつの場所だったのかは定かではないが、やはり懐かしいという思いもある。

安全面、そして筋肉痛を考慮して、まひろが向かったのは徒歩圏内にある『ブナと川のミュージアム』だ。

天気にも恵まれて、着ているジャケットが少し暑く感じられる陽気だった。

ギシギシする足でミュージアムへと向かったまひろは、柔らかな木漏れ日からまぶしく目を細めて空を見上げた。

(公園って、これのことだったのかな……)

ミュージアムの周辺は、ブナやナラの木が茂る公園となっていたのだ。

もしかしたら時雨が言っていた「森林浴なら公園でもいい」の公園とは、ここのことだったのかもしれないと思う。

館内の展示物をゆっくり巡ったあと、退館して公園の散策路を歩く。

緑に恵まれた散策路には池や沢もあり、木造の遊歩道までが整備されている。たしかにちょっとした森林浴によさそうだ。といっても、只見はそもそも緑に囲まれているのだから、地元のひとがわざわざここに森林浴に来ることはないのかもしれないが。

まひろは明るい黄緑をたたえた新緑の梢を見上げる。

きれいなさえずりを響かせながら、小鳥が飛び交っていた。

青い鳥を期待したけれど、素早くて姿はよくわからない。

双眼鏡をもってくればよかったのかな、などと買ったこともないのにそんなふうに思ったのは、まさに立派な双眼鏡を構えた子どもが目の前にいたからだ。

小学生くらいの男児が一丁前に双眼鏡を目に当て、細い首がもげそうなほどに上を向いている。

近くに親がいそうな雰囲気がないので、地元の子どもなのだろう。

野鳥観察かな？　そう思いながら、まひろも木々を見上げてゆっくり歩く。

ミュージアムのなかには只見に生息する野鳥の標本展示もあった。ただ眺めてきただけなのになんだか知った気分になって、おなじ姿を梢に探す自分がちょっとおかしい。あと、毎朝まひろを起こそうとするキョロロンの正体も突き止めたい。

頭上を行きかう野鳥を探し、目で追っていたまひろは、つと一本のブナの枝に手を伸ばした。

鳥の羽が一本、引っかかっている。

「あああ！」

手に取って眺めようとした瞬間、甲高い声が響いた。

双眼鏡を手にした男児が、眼をらんと見開いてまひろを指さしている。

正確にはたぶん、鳥の羽をだ。

「な、なに……もしかして、欲しいの？」

男児はこくこくと激しくうなずいた。

鳥の羽は、まひろの手のひらほどの長さがある。茶褐色で、縞を帯びた大きな羽だ。なんとなく子ども心をくすぐるのがわかるし、小さな愛鳥家なら尚更だろう。

手渡すと、男児は「うわぁ」と目を輝かせた。

「サシバかな。ありがとう！　おれ、コレクションしてるんだ！」

言って、背負っていたリュックを下ろしてノートを取り出す。

中には沢山の鳥の写真と羽が収集されていた。

「すごいねえ」

褒めると、得意満面になるのが可愛らしい。

「何年生？」

「おれ、二年！　このノートは一年生のときからつくってる。見て見て、一番の宝！」

男児が開いたページには、鮮やかすぎてつくり物のようにも見えてしまう、派手な配色のカモの写真があった。

いや、名前はカモではないのか。記された名前はオツドリ……オシドリ。男児の字はちょっと読みにくい。

テープで根元を留めて収録されてあるのは、奇妙な形をした羽だ。

「不思議な形だね」

左右が非対称なのだ。羽の芯を中心として、片一方が大きく出っ張っている。

「銀杏羽《いちょうばね》っていうんだ。銀杏っぽいでしょ」

「たしかに。ちょっと不格好な銀杏の葉っぱっぽい形だね。面白い」

めちゃくちゃ得意げなのも、面白可愛い。

「ここ、素敵な公園だね」

「うん。田んぼ三十反くらいあっていい感じ」

タン。反か。うん。おねえさんそれはよくわからないな。

「あ、そうだ」

男児はノートと羽を大事そうにしまい、代わりになにか小さな包装を取り出した。

「これ、お礼にあげる」

「えっ、いやお礼なんていいよ」

「だめだよ。タダより怖いものはないって母ちゃんが言ってたし。じゃあね！」

「あ、待って……」

「おねえちゃん、ありがとー！」

制止も聞かず、男児はタッと足取り軽く走り去ってしまう。

……タダで拾った羽に礼を払わせてしまった。

軽く途方に暮れて、押しつけられた包装を見つめる。駄菓子だ。鮮やかな色をした、練り飴。

でも、

(おねえちゃんだって)

顔が緩む。

あきもまひろを「おねえちゃん」と呼んでくれた。

ひとりっ子のまひろはそれがとてもうれしくて、母に下の子が欲しいと駄々をこねたくらいだ。いま思えばとんでもない要求だが、そのくらい舞い上がったことはたしかだった。

「よお」

声をかけられた気がして、ふり返る。

気のせいではなかった。立っていたのは、明るい髪をうしろでひとつに束ねた男性。翔だった。

「ボス猿の子と知り合いだったのか?」

「ボス猿……」

ちょっと考えて、そういえば佐倉真澄のことをそう呼んでいたなと思い出す。

「いえ、たまたま会っただけで」

「お菓子巻き上げてなかったか？」

「もらったんです」

むっと口をとがらせる。そんなわけないの、わかっているだろうに。

「翔さんこそなんですか、わたしからこのお菓子を巻き上げようとしてます？」

「ちげーよ。姿が見えたから声かけただけだよ。歩きか？」

帰るなら乗ってくか、と駐車場のほうを指して言う。

すぐそこですから。そう言おうと思ったが、筋肉痛もそろそろしんどい。

お言葉に甘えることにした。


「おしゃれな軽トラですね」

「軽トラにおしゃれもクソもねーだろ。無理して褒めんな」

無理して、ではない。カーキ色で、近頃流行りのアウトドア感ある仕様だ。もちろん業務用なのだろう、荷台にいろいろと積まれてあった。

「いいところですね」

助手席から外を眺めて言う。自然は豊かで、子どもは素直だ。

だが翔は数拍ほど無言だった。

きこえなかったのだろうか、と不安になって運転席の横顔を見る。

翔はこちらを一瞥《いちべつ》もせず、眉間にしわを寄せた。

「……無理して褒めんな」

「無理してません。子どものときも楽しかったですし、今回の滞在も楽しいです。あ、今回は楽しいとは少しちがうか……。でも好きですよ。ほっこりします」

また、無言だ。

「あの」

「本当にそう思ってるか？」

「え？」

「只見での思い出、そんなに楽しかったか？」

「なにが言いたいのか、よくわかりません」

「いや。なんでもない」

親切で乗せてくれた割には、なにか気まずい様子だ。

なんだろうと深く考える暇もなく『ほしみ』に到着する。

どうやら翔は『ほしみ』に食材の納品があったようなので、礼を言って車を降りたあとは、まひろも荷台に回った。

「手伝います」

「は？　いいよ。時雨に怒られるわ」

「タダより怖いものはないそうなので」

ちょうど翔が手にしていた籠をつかむ。

翔は離すのを躊躇ったけれど、重いものではなかったからか、あきらめたようだ。

受け取って、ついでになかをのぞく。

「今夜の食材ですか？」

「さあな」

一番上に載っている山菜なら、まひろも知っている。

「フキノトウか。なんだろう、天ぷらしか思いつかない。お味噌かな。いや天ぷらがいいな。コシアブラの天ぷらもまた食べたいです」

味を覚えるとタラの芽が物足りなくなると言っていたコシアブラの天ぷら。まひろは完全に虜《とりこ》になっている。あんなにこっくりとしていてほろ苦い、絶品天ぷらを他に知らない。

もみじの形の天ぷらもクセになるし、やっぱりポピュラーなフキノトウもおいしい。

「残念だがコシアブラは今回頼まれてないな。あとフキノトウはリゾットにするって言ってたぞ。軽食の」

「リゾット？　え、なにそれおいしそう」

リゾットと言えばバターやチーズのイメージ、かろうじてキノコのバリエーションくらいしか思いつかないが、それはまひろだけなのか。

フキノトウのリゾット。

想像できないが、めちゃくちゃ食べてみたい。

「『ほしみ』の軽食メニュー、ノーチェックでした……」

ドリンクは見ていたけれど、軽食メニューはとくに注視していなかったが、あれか、『山菜あります』のやつ。

「今日のお昼はそれに決定します」

「いや、もう二時過ぎだぞ。いま納品すんだから、あしたのメニューに決まってんだろ」

「ええ!?」

そんな！

ショックを受けながら、翔とともに勝手口からあいさつをして納品に入る。

昼どきの慌ただしさがようやく収まったところだったのか、奥の厨房では女将さんが洗いものに取りかかっていた。

ねぎらいとともに指示された場所に籠を収めて、そのまま中を通って食堂にぬける。

カウンター内にいた時雨は勝手口から帰ってきたまひろに驚いていたが、まひろの消沈した表情にも驚いた。

「どうしました？」

「なんでもないです。ここでお昼を食べようと……。時雨さん、山菜メニューってなにがありますか？」

「ああ、きょうはミズのパスタだったんですが、パスタ自体が売り切れてしまったので終了です。山菜じゃないメニューなら、いくつかまだありますよ」

「やっぱり……」

ミズという山菜のパスタも気になるけれど、フキノトウリゾットが食べたかった。

脱力するように席に着く。

「え、まひろちゃん、本当にどうしたんです？」

「フキノトウのリゾットをご所望だそうだぞ」

戸惑う時雨に、奥から出てきた翔が言う。

「ああ、あれか……」

時雨はいったん間仕切りの奥に引っ込むと、籠を手に戻ってきた。

さきほど持ってきたばかりのフキノトウだ。

まさか。

「時短の方法でよければですが、つくりますよ」

「いいんですか、お願いします！」

飛びつくように返事をした。

恐縮だけれど、二度とない機会だ。逃す手はない。

「翔も一緒に食べて行くだろ？」

「業務中だぞ」

「なに言ってんだよ、個人事業主。いつもこの時間はうちでご飯食べて行くだろ」

事実なのか、指摘された翔は気まずそうにまひろを見る。

「もしかして、わたしがお邪魔でしたか？　車内でもなにかあれでしたけど」

さきほどの車内での雰囲気を思い出す。

わざわざ声をかけて送ってくれるくらいだから、嫌っているわけではないだろうし、なにか事情があるのだろう。

翔は小さく舌打ちしてから、観念したように席に着いた。

「……食っていくよ。でもホットサンドだな」

「なんで？　おまえリゾット好物だろ」

時雨に指摘されて、顔をしかめる。

「苦いものなんか食いたくねえ気分なんだよ！」

（あ）

デジャブだな、と思った。

苦いものなんか食べたくない。まひろも只見に到着したばかりのとき、おなじ気分だった。

「――もしかして、いますでに十分苦い気分だからとか？」

まひろが言おうと思った言葉だが、さきに口に出したのは時雨だった。

う、と翔は明らかに動揺する。とてもわかりやすいひとだなと思う。

「苦いなら、出してしまえばいいんだよ。楽になるぞ」

なにか事情を知っている様子で、時雨が言う。カウンター内のミニキッチンからはすでに調理の軽快な音が響いていた。

翔は完全に苦み走った顔で、「出せるかよ……」とつぶやく。

「山菜はデトックスになるらしいですよ。その苦い気持ちもきっとデトックスされますよ。おいしいですもん」

「おまえまだ食ってねーだろ」

「時雨さんがつくったものは全部おいしいですよ。経験談です」

「は？　おれのほうがよっぽどこいつのメシ食ってんだよ。そもそも山人《やもうど》に山菜を語んな」

「山人？」

面倒になったのか、翔はぷいっと説明を放棄する。

代わりに時雨が「山を生業とするひとですよ」と教えてくれた。

「翔の家は、もともとマタギの家系なんです。いまは害獣駆除もやりますし、各地への山菜の卸も商っています」

「マタギ！　すごい」

感心したが、翔は「けっ」と悪態をつく。

「なんもすごくねー。熊山《くまやま》もしねーし、もうマタギとは呼べねーよ」

熊山というのは、熊を捕りに山に分け入ることらしい。

そんなことを話していると、すぐに爽やかな春の香りが漂ってきた。

おなかが鳴って、たまらない。

「お待たせしました」

ほどなくして、カウンターテーブルにリゾットの皿が登場する。

「生米からでなく、炊きあがった米からつくったリゾットなので正統派じゃありませんけど、どうぞ」

「やった！　ありがとうございます！」

感激だ。食べられないかと思ったので、すごくうれしい。

けれども喜ぶまひろとは対照的に、翔の表情は暗い。

時雨の料理をまえにその表情は、なんだかいやだなと思ってしまう。

どうにかできないだろうか。それに時雨の料理でなくとも、やはり食事は笑顔で食べたほうがいい。

脳と胃腸が深い関係にあるなら、明るい気持ちで食べたほうが消化にもいいはずだ。

「……あ、そうだ」

閃いて、ズボンのポケットに手を入れる。

取り出したのは、もらったばかりの菓子だ。

鮮やかなピンクの練り飴で、付属の割りばしにとって、白っぽくなるまで練って練って食べる定番の駄菓子。

「これ、どうぞ」

翔のリゾットのわきに置く。

「は？」

「デザートです。ほろ苦いもののあとに、甘いもの。心躍る組み合わせじゃないですか？ほらお抹茶の席でもそうでしょう？　あ、ちがうか……お茶の場合はお菓子がさきか。じゃあ、食前にどうぞ」

「おまえ、ひとりでなに言ってんだよ？」

「翔、観念したらどうなんだ」

あきれたように、時雨が言う。

翔は苦々しい表情で、リゾットと駄菓子を交互に見た。

それからふうっと深く息をはいて、「わかったよ」とどこか投げやりにスプーンを手にした。

「ただし」

「ただし？」

「その飴はだめだ！」

びしっとスプーンで駄菓子を指す。

ちょっと待ってろと翔は言い、スマートフォンを取り出す。それからどこかに電話をかけて、なにかを持ってきてくれるように手配していた。

ちょっと待ってろ、がいつまでなのかはわからないが、リゾットを待てということではなさそうだ。そもそも食事まで待つつもりはない。

まひろは「いただきます！」と手を合わせた。ついに、フキノトウリゾットが食べられる。

スプーンを手に、やわらかなリゾットをすくった。

炊いた米からつくったとのことだったが、おじやのようなベチャッと感はない。

白い色合いに散った、ふんだんな緑がとてもきれいだ。

それに、湯気とともに漂う春の香り。フキノトウ特有の香気がとても爽やかだ。

胸を高鳴らせながら、ぱくっと口に入れる。バターにのって、フキノトウのほろ苦さが舌に広がった。

「うーん！　最高！」

格別。春そのものの味。

「いかがです？」

「おいしいです！　あぁ、なんかスプーンが止まらない……」

天然フキノトウの強い苦みを、バターがふわぁっとまろやかにしている。それがすごく癖になる。しかもフキノトウの香味が、チーズと相性抜群だ。チーズもたっぷりなのに、重いどころかすごく爽やかで、一口食べたらもう一口、あともう一口と永遠に止まらない。まさにあとを引くうまさだ。

あっという間に平らげてしまうと、もっとゆっくり食べればよかったと後悔が襲う。名残惜しい。

ふと横を見れば、すでに翔も完食していた。

「おいしかったですね」

「そりゃそうだ」

あれだけ嫌がっていたのに、ケロッとして言う。

ちょうど勝手口から声がかかって、対応に出た時雨が小鍋を手に戻ってきた。来たか、と翔が言ったので、これが手配したものなのだろう。時雨は承知しているようで、ためらいもなく蓋を開け、お玉で中身を茶碗によそう。

茶碗は翔だけでなく、まひろの前にも提供された。

中をのぞくと、茶色い液体が注がれている。

ほうじ茶のような色合いだ。

「お茶ですか?」

「飴だっつの」

つっけんどんに言われて、きょとんとする。

どこからどう見ても、飴ではない。液体だ。

「え、どのへんが?　もしや水飴?　あれ、でもちがう……」

さっぱりわからない。茶碗をもって矯《すが》めつ眇めつ。

駄菓子の『練り飴』から連想して水飴の可能性を考えたが、粘り気がない。

不思議がるまひろに、時雨は「水飴であってますよ」と教えてくれる。

「もち米と麦もやしでつくった米飴です。只見では深い雪に閉ざされた期間の非常食として古来つくられてきたもので、ゆるいのが特徴です。なので、『飴を飲む』といいます」

「これが飴」

「そ。だから俺はその菓子のことを飴とは呼ばねー」

翔が駄菓子をあごで示し、ぐいっと茶碗の飴をあおる。

ほんとうにお茶みたいに飲むんだ、と感心した。

ゆるくて、練り飴のように箸に取ることはできそうにない。

まひろも翔を真似して、茶色い飴をこくりと飲んだ。

「あ、けっこう甘いですね」

「そりゃあ飴ですから」

たしかにそうだ。ほうじ茶気分で口に含むから衝撃を受けるのか。

「こういうできたてのさらさらした飴を、ご近所さん呼び合って楽しむのを『あめよばれ』といいます。保存用としては、もうすこし手繰《たぐ》れるくらいまで固く煮つめますね。それでもせいぜい蜜状で、スプーンですくって食べるんですけど」

説明を聴きながら味わう。甘くてやさしい風味だ。

翔はさっさと完食し、まひろがじっくり味わっているあいだ、手元で何かを書いている。もっと味わえばいいのにと思っていたら、席を立った。

「勘定」

「苦みは忘れられそうか?」

時雨が尋ねたがこれには答えず、会計を済ませる。

「じゃあな」

帰りぎわ、翔はまひろに名刺を差し出した。

え、と戸惑っているうちに、足早に『ほしみ』を出てしまう。

「なんで名刺？」

卸問屋とらやの屋号の下に、フルネームで大河翔《たいが》とある。

「とらや……大河だからタイガーでとらや？　ってどうでもいいな。あ、もしかして、頼めば山菜の宅配をしてくれるってことで、名刺？」

「それはしてくれるでしょうけど、裏に何か書いていましたよ」

時雨に言われて、裏を見る。

『お前の母親は無実。おれが悪かった。ごめん』

三度くらい目でなぞった。

「……もしかして、翔さんって子どものころ、体格いい子でした？」

「ですね。真澄のことを『ボス猿』なんて呼ぶけど、翔も男子のなかのボス猿的な存在だったかな」

そうか、と理解する。

翔があの取っ組み合いになった男子だったのだ。

きっと、ずっと当時のことを苦く思っていたのだろう。それか、まひろと再会して、思い出してしまったのか。

「べつにいいのにな」

「え？」

「いえ、気にするほど仲よくもなかったし、なんて言ったら失礼ですけど。本当に気にしていなかったので」

時雨は反応に困ったように苦笑する。

でも事実といえば事実だ。翔とのケンカより、あきとのケンカのほうが、ずっと長く堪《こた》えている。

(わたしも、翔さんみたいに勇気を出してみようかな)

ここを発《た》つ前に佐倉真澄に頼んで、あきに電話をつないでもらおうか。

もしかしたら、おまえなんて覚えてないと言われるかもしれないけれど。

「まひろちゃん」

「あ、はい！」

「これは俺から」

時雨も畳んだ紙を一枚、まひろに差し出した。

「フキノトウリゾットの時短レシピです。よかったらご自宅でもつくってみてください」

「ウソ⁉　すごくうれしいです！」

　これで、また食べられる！

　喜んだけれど、時雨は申しわけなさそうに眉を下げた。

「ただちょっと言いづらいんですけど、東京でフキノトウはもう売り場に並んでないだろうなと思います。だから、来年の話にはなってしまうかと思うんですが。こっちでも残雪の周りで採れるくらいで、もうじき終わりですから」

「ええ！　そんなぁ……」

　落胆しながらメモを受け取った。

「フキノトウ、食べ納めだったんですね」

「春ももうすぐ終わりですから。雪国の春は遅くやってきて、過ぎるのはあっという間です」

　まひろは名残惜しくレシピを眺めた。

　それから、大事に大事に財布の中にしまう。翔の名刺も一緒だ。

　どちらとも、家に帰ったらよく見えるところに貼っておこうと心に誓う。失《な》くしたら大変だ。

　ほろ苦くておいしい、春の香味の出番はまた一年後なのだから。

五話　目覚めの力とウコギごはん

まひろは食後、部屋で少し休み、それから気重になりながらも帰り支度に手を付けた。汚れものを近くのコインランドリーまで運んで洗い、乾燥機にかける。仕上がりを待つ間、東京に帰ったらまず何をしようかと考えた。

真っ先に思い浮かんだのは味噌汁だ。

材料を買い、味噌汁をしっかりつくって食べる。そういう生活をまずは心がけたいと思った。

生活の乱れは、やはり心の乱れだ。

心が乱れるから生活も乱れてしまうのかもしれないが、どちらにせよ、ここに逃げてくる前の爛れた怠惰生活に戻るわけにはいかない。

正直、味噌汁を盾にして、再就職について考えるのを後回しにしている感は無きにしも非《あら》ずだ。とはいえ、心が疲れたときにエラの味噌汁を飲んでほっとしたあの気持ちは忘れない。

味噌汁党に入党した以上、本気だ。

(よし。帰ったらまず、味噌汁の材料を買う。これは決定)

片手鍋はある。もともとちょっとした自炊はしていたから、道具に関しては問題ないだろう。ただ、米は切らしていた。

帰ってから買うか、こっちで買って送るかは、かなり迷った。

けれどもどうせなら只見米を食べたい。

いま、一歩を踏み出せているうちに行動してしまいたいとも思う。

そう決意して、いったん『ほしみ』に戻ると、女将さんに紹介してもらった米屋へ出かけた。

なにしろ、いまはいい。

ひとりじゃないから、行動をする力がある。デトックスされた気がしているし、心も体もだいぶ軽い。ここに来る前の泥をまとったような重さが嘘のようだ。

けれども正直、帰ったらそれがいつまでもつのかは、自信がない。

ひとり暮らしの無機質なマンションは逃げ出す際、荒れに荒れていた。帰ればすぐにまた飲み込まれてしまいそうな、そんな不安がある。

荒れ地の雑草を一部だけきれいにしても、どうせまたすぐに藪《やぶ》に飲み込まれてしまうように。

まひろだってきっと、いまのうちにできることはやっておかなければ、またすぐにダメになってしまうから。少しでも多く、ちゃんとした自分を整えておきたかった。

まひろは結局五キロの米を買い、宅配に出した。

帰宅よりも到着は遅れるけれど、土産店では二合サイズのものが売られているらしい。それを見つけて買って帰ればいいし、見つからなければもうパックごはんでもいい。とにかく爛れた生活にもどらないことが重要だ。

そして、つぎに重要なのは味噌汁の具である。

断然ヒラタケ汁が食べたいが、まひろの記憶ではスーパーで見た記憶がない。いやあるのだろうか？　キノココーナーなんて、じっくりと見たことがない。

CMでやっていた霜降りナントカがあればそれを使いたいが、なければナメコか、シンプルに豆腐とワカメとするか。油揚げも捨てがたい。

考えながら歩いて、そういえば、とひらめいた。

道の駅なら山菜を売っているのではないだろうか。

よし、帰りにスマホで検索して寄って帰ろうと心に決めた。

歩く道は、すでに夕暮れだった。

＊

昼食を食べたのが遅かったので、念のため夕食は時間をずらしてもらっていた。

なにせ、最後の晩においしいごはんを残したくない。

おかげで時間が空いたので、さきに風呂をいただくことにした。

最終日にして、『ほしみ』のお風呂は初めてだ。

女将さんにお風呂をつかわせてもらう旨を伝えて、一階奥の浴場に入る。

鍵をかけた脱衣所と浴室を区切るのは、模様ガラスの扉。洗い場はタイル張りで、広めの浴槽はステンレスだ。どこか懐かしい雰囲気だが、清掃が行き届いていて清潔感があった。

体を洗い流して浴槽のふたを開けると、ふわりとクスノキが香る。湯のなかに、木のチップが詰まった袋が沈められているのが見える。

時雨はクスノキを『着物タンスに入れる樟脳の匂い』なんて紹介したけれど、警戒したようなきつい匂いではなかった。

もっとやわらかくて、どこかレトロな感覚を呼び起こす香りだ。

(木が出す匂い成分がフィトンチッド、だったっけ?)

湯の中で手足を伸ばしながら、教えてもらった知識を掘り起こす。

もしかして、クスノキの匂いがたちのぼるクスノキ風呂は、そのまま森林浴効果もあるのだろうか。

入浴による幸せホルモンの分泌促進、それにフィトンチッド効果。なんて最高な組み合わせだろう。しかも筋肉痛にいいという。

(あぁ、こういう毎日を過ごしたい)

あったかくて、いい匂い。しかもおいしいごはんが待っている。

「はあ幸せ〜」

思わず、心の底から声が出た。

女将さんからも、ほかに風呂をつかう客がいないからゆっくりしていいと言われていたので、心置きなくくつろぐ。

やっぱり浴槽で浸かるお風呂は最高だ。日本人だもの。

ものすごくいい気分になって風呂をあがり、ラフな服装に着替えると、もういい時間だった。

そのまま食堂に向かおうとして、いやいや待てよと鏡を見る。

すっぴんはやはり恥ずかしい。

とはいえ、せっかくリフレッシュした肌にファンデーションは塗りたくない。妥協して、部屋に戻って眉を書き、落ちにくいタイプのティントを塗って、よしとする。

若干まだ早いような気もしたが、最後の夜くらい長く『ほしみ』を満喫したいという思いで食堂に下りた。

オレンジ色のオイルランプが灯る食堂は、とても静かだ。

きょうが連休最終日、あすは月曜日とあって、本当に多くがチェックアウトをしたのだなと実感する。

今晩利用しているのは、平日も連休ももはや関係がなくなった、リタイヤ組らしき二人連れが二組。

ご夫婦、そして釣り友だちといった雰囲気の彼らが、すでに食事も大方終えてしっぽりと酒を酌み交わしている。その輪に時雨も交ざっていた。

「女将さん、お風呂ありがとうございました。いいお湯でした」

「あらそうかい、いがったわ。さあさ、席につきな」

カウンター内にいた女将さんに声をかけると、この数日変わらぬ快活さで笑って、まひろに席を促してくれる。

女将さんがミニキッチンで手早くつくって出してくれたのは、盛り蕎麦と天ぷら御膳だった。

蕎麦はさきほどプロに打ってもらったものだそうで、奥会津産の蕎麦粉100パーセントの『挽《ひ》きたて・打ちたて・茹《ゆ》でたて』の三たて蕎麦だ。もちろん天ぷらも目の前での揚げたて。なんとも贅沢な食事である。

「あ、フキノトウの天ぷらもある！」

それどころか、翔が頼まれていないと言っていたコシアブラまであった。

ウドの芽、シドケ、タラの芽のオールキャストだ。

「ああそれさねえ、翔ちゃんが追加で納品してくれたんだ。まひろちゃんが食いたがってだからサービスだっつってだよ」

「翔さんから……」

そこまでしなくていいのにとも思うが、純粋にうれしい。

どれから食べるか非常に悩ましいので、まずは全体に塩をまぶした。

(って、いやいや、まずは蕎麦でしょう！)

蕎麦は会津の名産だと聞いていたので、心が躍る。

茹でたてで、かつ、しっかり水切りされた蕎麦を少量取り、つゆにつけた。

音を立てて一息に啜ると、甘めのかえしとともに、上品な蕎麦の香りが鼻を抜ける。

「あぁ、お蕎麦、やっと食べられた……」

しっかりと腰があっておいしい。

「やっと？」

「来るとき、ほんとうは大内宿でもお蕎麦を食べてくるつもりだったんです」

「ああ、高遠《たかとお》蕎麦ね」

高遠蕎麦……なんとなく聞いたことがある。

「ここのお蕎麦とはなにかちがうんですか？」

「高遠蕎麦は辛子大根の汁で食べる蕎麦だべ。あたしは甘じょっぱいのが好きだからやらねえけどな」

「へえ、辛子大根。おなじ福島県内でも食べ方がちがうんですね、面白いです」

「水で食べる水蕎麦だとか、お祝い用の祝言蕎麦だとか、山人の裁ち蕎麦だとか、なんだかいろいろあんだわなぁ。あ、蕎麦について時雨に訊くのはやめときな。三日三晩くらい語るから、うっとうしんだ」

女将さんが心底いやそうに言うので、思わず笑ってしまった。

今晩も『ねっか』を水割りで入れてもらい、オールキャストの天ぷらに舌鼓を打つ。ああ、アツアツのコシアブラとお別れだなんてつらすぎる。慎重に、ゆっくり味わって平らげた。

なんだか食事を終えても食堂を去りがたくて、今晩は飲むぞと『ねっか』をロックで追加した。

「つまみはなじょする?」

「なにかいただければ。簡単なものでいいんですけど」

ほんとうに簡単なものでよかったのに、女将さんはわざわざミズという山菜の塩昆布和えをつくってくれた。昼間、時雨がパスタに使ったと言っていた山菜だ。

シャキシャキした歯ごたえなのに独特のぬめりがあって、塩昆布の旨味をそのぬめりがよく絡めた、おいしいおつまみだった。

酒が進んで、気分がよくなる。

まひろはふと思い立って、グラスを手に外へ出た。

東京とはちがう、真っ暗闇だ。そして風がぐんと冷たい。

けれども空には何物にも代えがたいほどの満天の星が輝いていて、まひろは寒さで縮こまりながらも夜空を見上げつづけた。

「風邪ひきますよ」

時雨がやってきて、肩にジャケットをかけてくれる。

こういうスマートな優しさに慣れていなくて、顔が熱くなる。酔いのせいもあるから、もうなんだかよくわからない。

「只見の星、きれいですね」

時雨も夜空を見上げている。

時雨は「はい」と答えたあと黙ってしまうので、おや、と思った。

「なにか星空のうんちくはないんですか？」

「……俺、そういうひとだと思われてるんですね。まちがっていませんけど」

落胆したように言うのが、面白い。

「時雨さんにないなら、わたしから。会津には『星』という苗字が多いそうですけど、理由がわかりますか？」

「え、いや……知りません」

「星がきれいだからです。どうですか？」

なんだ、と時雨は笑った。

「まひろちゃんが自分でつくった説じゃないですか」

「まちがってないんじゃないかと思いますけど」

「たしかに、きれいです。とても」

それから静かに、ふたりで星を眺めた。

吐く息は白くて、グラスを持った手が小刻みに震えてしまう。

それでも中に戻ろうとは言いたくなくて、我慢した。

(――帰りたくない)

東京という現実に戻ることへの不安とは、またどこかちがう。

なにか切ない去りがたさを感じて、まひろはきゅっと両腕で自分の体を搔《か》き抱いた。

「大丈夫ですか、寒くありませんか?」

「平気です。お酒で火照って熱いくらいです」

「本当ですか?」

「本当です」

嘘だ。見透かされている気もしたけれど、時雨はそれ以上なにも言わなかった。

星の瞬きをただ見つめて、どのくらいそうしていただろう。

指先がすっかり冷たくなったころ、女将さんがまひろを呼ぶ声がした。

時雨とともになかに戻ると、屋内は暖かい。

「女将さん、なんでしょう？」

ちょうどストーブのそばにいたので、凍えた指先をかざしながら問う。

女将さんはちょっと困ったようにあるものを掲げて見せた。――スマートフォンを預けていた鍵付きのボックスだ。

緊急的な着信があった場合にわかるように、透明素材でできている。

そしていままさに、スマートフォンの画面は着信を表示していた。サイレントモードなので音は出ていない。

「さっきからずーっと呼び出しがつづいてんだわ。緊急だったらことだべ」

「電話なんて誰から」

ボックスを受けとって、一瞬固まった。

（伊ケ崎さん……）

スマートフォンの画面に表示されていたのは、伊ケ崎の名前だった。

まひろが憧れた上司。そしてまひろを切り捨てた上司だ。

うれしいような、腹立たしいような、自分でもよくわからない感情がつま先から頭のてっぺんまで駆けのぼる。

「……やだなあ、なんですかね？」

内心の動揺を押し隠し、明るく言ってそのまま着信をやり過ごそうとしたけれど、止まったと思ったらまた着信画面になる。鬼電だ。

しかも一瞬の切れ間に見えた待ち受け画面には、元同僚たちからの新着メッセージの通知も並んでいた。着信の通知もある。

尋常ではなさそうで、いやな予感にぞわりと肌が粟立《あわだ》つ。

「まひろちゃん……」

まひろの事情を知る時雨が、案じるようにまひろを見た。

女将さんも心配そうにしている。

ふたりに迷惑はかけられない。

まひろは努めて明るい表情を浮かべた。

「急に連絡が取れなくなって、きっとみんな心配してるんですね。もう十時になりますし、ちょっと電話に出たら寝ます」

少し残っていた『ねっか』を飲み干す。

「ごちそうさまでした。おやすみなさい」

時雨にグラスを手渡すとき、わずかに手が震えた。

体が冷えたからだ。と、そう思ってもらえたらいいなと思いながら、まひろは階段をなるべく軽い足取りを演じてのぼりきった。

オイルランプの温かい光に慣れた目には、蛍光灯の明かりがやけに白々しく映る。

この白い明かりが、無機質なマンションの明かりをどこか連想させるからかもしれない。

まひろは財布にしまってあった鍵をこわばる指で取り出し、深呼吸をしてからボックスを開けた。

それでも電話に出る勇気は出なくて、着信が落ち着くのを座布団に座って待つ。

永遠ともいえるようなしつこさに、動揺は徐々に苛立ちへと変わった。

いまさら、いったいなんの用件でこれほどしつこく連絡などしてくるのか。

解雇への言い訳や謝罪なら遅すぎる。正直、期待する気持ちがないと言ったらうそになるけれど、ちがうだろう。

謝罪やフォローをする気ならばもっと早い段階で連絡があったはずで、これほどの鬼電はまずする必要がない。

（考えられるのは業務関係か）

それも急ぎだ。連休明けは明日なので、それまでにはなんとか目途《めど》をたてなければならないような、緊急の案件。

（わたしを切り捨てたくせに、それはないですよ……伊ケ崎さん）

ようやく着信が落ち着いて、急いでメッセージアプリを開く。

元同僚女子たちとのグループメッセージにも、未読が二桁で溜まっていた。

これは想定内だが、伊ケ崎からも新着メッセージが届いている。

まちがって通話に出てしまわないよう注意しながらタップして、慎重に指でスクロールする。

短文をやりとりするアプリとは思えないほどの長文メッセージが連投されていた。

内、一文に目が留まる。

『助けてやってほしい』

ああ、と思う。

呼吸が震えるのがわかった。

まひろが冬いっぱいをかけて手掛けていた大きな取り引きにおいて、引き継ぎ後に重大なミスが起きたらしい。

伊ケ崎は責任者がだれなのか暈《ぼか》しているが、元同僚らのグループメッセージをざっと確認して、やはりと思う。

相田さんだ。相田みか。

なんとも言えない感情が胸の中で渦巻いた。

なんだかもう、すべてを察した気がする。

「笑っちゃうな……」

苦く苦く笑みながら、後ろ手をついて天井を見上げた。

しばらくそうしてから、意を決して、元同僚らとのグループメッセージに書き込みをする。

ミスを少しでもリカバリーできるように、詳細を含めたアドバイスだ。

このくらいしか、まひろにできることはない。

伊ケ崎に送らなかったのは、せめてもの意地だ。

あとは社内に残った彼らでなんとかするだろう。

やりきった、と脱力する。

脱力したから、きっと気が緩んでいた。

とつぜん切り替わった着信画面に反応しきれず、応答ボタンに指が触れた。

「――もしもし？　もしもし、槍沢？」

息を呑む。耳になじんだ伊ケ崎の声だ。

話をするのが怖い。けれど、いまさら切ることもできない。

意を決して返事をする。

「……はい」

「ああ、メッセージ見てくれたか？　じつは大変なことが起きているんだ」

「はい。読みました」

「そうか……それで、あぁ、最近どうしている？　元気だったか？」

「はい。元気です」

形式通りに返しながら、せめてそれは一言目に言ってくれれば、と思う。

「就職はどうだ？　槍沢は優秀だから、きっとすぐにつぎの仕事が見つかると思ったんだ。

ほかのひとでは、そうはいかない」

「そうでしょうか。わかりません」

「もしかして、まだ仕事が決まっていないのか？　それなら、どこか伝手を紹介してやろうか。うん、そのほうがいい。きっと好条件の職場が見つかる」

「いえ、けっこうです。急ぎではありませんので」

でも生活があるだろう。そういった、まひろの近況をうかがい、心配する会話がつづく。

一度は好意を抱いていた相手からの電話なのに気分が沈むのは、電話の意図が見え隠れしているからだ。

だって、どう取り繕おうとも、まひろの心配をするために鬼電をかけたわけではないだろう。

「ところで、メッセージでも説明した、この緊急事態についてなんだが」

来た、と思う。

まるで死刑宣告のように、残酷な言葉だ。

「担当者に連絡を取って、フォローしてやって欲しい。そもそも君の案件だし、君が一番事態に的確な判断ができるだろう。やり残してしまったという、心残りでもあるだろう？」

「それでしたら、大宮《おおみや》さんたちにアドバイスを送りました。そちらをどうぞ参考にしてください」

「大宮ではなく、直接――そうだ。あしたの朝、いまの担当者に直接会って協力をしてやってくれないか」

「東北なので、無理です」

きっぱりというと、伊ケ崎が数拍黙った。

それから、「東北?」と咎めるように問う。

「いや、槍沢どういうことだ? いまは必死で求職に打ちこむべき時間だろう。旅行なのか? なんで遊んでいる?」

「遊んではいません」

いや、遊んでいるのだろうか。わからない。

「遊んでないなら、現実がつらくて逃げたのか」

そうです。逃げたんです。

のどもとまで出かかって、まひろはべつな言葉を絞り出した。

「あしたの朝は、無理です。そのあとのことは、検討します」

おい、という呼びかけがあったが、一方的に通話を切った。

手が震えていて、指がこわばっている。

そのままスマートフォンを押しいただくように、体を丸くした。

求職に打ちこむべき時間。なんで遊んでいる。逃げたのか。

思いのほか、その言葉は胸に深く突き刺さった。

（ダメなことをしているって、自分が一番よくわかってる……）

たしかにまひろは逃げてきたのだ。

ひとりぼっちの無機質なマンションから。無職という現実から。そして先行きへの不安から。

逃避してきたという自覚があるから、只見の滞在中、気を紛らわせるために出歩いた。

東京という現実をなるべく考えないようにしていた。

（ああ、でも、それももうあしたで終わり）

足元から崩れるような不安が這い上がる。

あのマンションに戻ったら、どうなってしまうのか。

なにひとつとして人生の先が見えなくて、怖い。

息をはくと、ひどく噎《む》せた。いつの間にかのどが貼りつくほどに渇いていた。

そういえば、車のなかにラムネがある。座卓にお茶セットがあったけれど、ひとりでのんびりとお茶を汲む気分ではなかった。

取りに行こうと立ち上がると、膝の上からはらりと紙が落ちた。

財布にしまってあった、大河翔の名刺、それとフキノトウリゾットのレシピだ。

拾い上げてふたたび大事にしまってから、あれと思う。

なんだろう、この違和感は。

大河翔の名刺。なにか引っ掛かりを覚える。さくらちゃん、さくらますみ、そしてあき。

(気のせい、かな……?)

なにか閃きそうで、うまくいかない。

とにかく就寝時間なので、音をたてないように階段を下りる。

食堂へと出ると、カウンターテーブルにはまだオイルランプが灯っていた。

「——時雨さん」

たたずむ人影に声をかける。

時雨は顔をあげ、「こんばんは」と瓢箪ランプにも明かりを灯す。

「まだ、食堂に?」

「まひろちゃんが起きてきそうな気がしたので」

すごい。客を見て判断するのだろうか。接客のプロがなせるわざか。

「なにか飲みませんか? まひろちゃんは食後のサービスコーヒーを飲んでないから、好きなものを頼んでいいですよ。お代はいただきません」

「好きなもの……」

まひろにとっては二択だ。ハーブティーか、養生茶か。

ふと、

『養生してってな』

滞在中、女将さんに言われた一言を思い出した。

ゆっくりして、のんびりして、養生してってな。

「……じゃあ養生茶で」

「かしこまりました」

時雨がケトルを火にかける。

コトコトとかすかにケトルが揺れる音が聞こえる。とても静かな夜だ。

お湯が沸いて、ピンクの花びらが入れられたガラスポットに注がれる。

踊るシャクヤクの花びらも、蒸らし時間を計る砂時計も、とてもきれいだ。

じっと眺めていると、気持ちが落ち着くのがわかる。うす茶色に抽出されたお茶をカップに注ごうとして、スマートフォンを握りしめたままだったことに気がついた。

苦笑してテーブルに置き、あらためてお茶をいれる。

シソの香りとともに口に含むと、心からほっとした。

「電話、大丈夫でしたか？」

時雨は絶妙なタイミングで尋ねた。

きっと、まひろの様子が落ち着くのを待っていたのだろう。

「仕事の電話でした。前の職場の。わたしのあとを引き継いだ子がやらかしたみたいで。それで、そのフォローをして欲しいって。……笑っちゃいますよね」

苦く苦く笑みながら、カップで指を温める。

「復職ということですか？」

「まさか！」

ははは、と乾いた笑いが漏れた。

「もう、参っちゃいますよ」

しかも、フォローしてやって欲しい？

おかしくないか、その言い方。

「その子――Aさんっていうんですけど、Aさんから直接助けてって言われるなら、まだわかります。なのになんで、伊ケ崎さんから鬼電が来るかな……」

伊ケ崎が手を回すことじゃないし、まひろに頼むことでもない。

どこから突っ込んだらいいのか不明で、まひろがずっと見てきた伊ケ崎らしくない行動だ。伊ケ崎は、もっとしっかりした人だったはずだ。

「ああ、恋は人を変えちゃうんだなって、そう思っちゃうじゃないですか。ちょっと……しんどいです」

伊ケ崎なんて大っ嫌い——そう、けりをつけたはずだった。

砕け散った恋も、社会人として砕かれたプライドも、自尊心も、ぐちゃぐちゃになった感情に折り合いをつけたはずだった。

エラの味噌汁を飲んで、胸に溜まった不満を吐き出して。

心も体もデトックスして、なんとか一歩を踏み出そうとしたところだった。

それなのに。

燻《くすぶ》った炭が風でふたたび火を吹くように、こんな簡単にまた感情が荒れてしまうのか。

そんな自分にもがっかりする。

「まだ、その上司のことが好きですか?」

「……好きとか未練とか、そういうことではないんだと思います」

好きだったひとが、好きなひとのためにまひろを切り捨てた。まひろの身に起きた出来事の真実がありありとつきつけられて、傷ついている。

「わたしってやっぱり、そのせいで解雇されたんだなって、思い知らされた感じがします」

なんて、くだらない。

そんなくだらないことのために、まひろは先の見えない不安のなかに放り出されたのだ。

胸がずんと重くなる。

あ、と短く声をあげたのは、時雨だった。

テーブルに置いたスマートフォンが、また着信を告げている。

伊ケ崎は、なんとしても相田さんを助けたいのだろう。

「……仕方ないな」

スマートフォンを手に持った。

操作しようとして、不意に画面が隠される。手だ。

カウンター内から伸ばされた、時雨の手。

「やめたほうがいい、そんなやつ。まひろちゃんを蔑《ないがし》ろにするにもほどがある」

まひろは驚いて時雨を見た。

穏やかな物腰の時雨が、いまは静かに怒っているのがわかる。

(わたしのために、怒っている……?)

理解すると、胸がじわりと温かくなった。

まひろを思いやって、まひろのために怒ってくれている。

だれかから尊重されることは、こんなにうれしいものなのか。そう初めて実感したような思いだった。

「時雨さん、大丈夫です。しつこいからブロックしちゃおうと思って」

「あ、ブロック……そう、ですか」

着信の切れ間にちゃちゃっと操作する。

時雨は恥ずかしくなったのか、片手で顔を隠した。

「俺、余計なおせっかいでした……」

ほんのり朱に染まった耳は隠しきれていなくて、まひろはクスリと笑った。

それから手のひらでカップを揺らして、お茶が揺れるのを眺める。

「養生茶って、いい名前ですよね」

なにを言わんとしているのか、と時雨が瞬いて見ている。

「さっき、電話で言われたんです。現実から逃げたのかって」

「そんなこと」

時雨のまなじりが吊り上がる。

大丈夫、とまひろは微笑んだ。

「事実なんです。いや、ちがうな。事実だと思ってたんです。でも、そうじゃないなって」

女将さんは、ゆっくり養生して行ってと言った。

その言葉を思い出して、ストンと胸に落ちた気がする。

「わたしは只見に養生しに来たんです。デトックスをして、養生して、元気になったから帰るんです。なんにも逃げてなんかいない」

後ろめたく思うことなんて、なにひとつなかった。

たしかにひと月ほどは人生をダメにしたけれど、復活した。偉いじゃないか。

先行きは見えないけれど、一年後にやることは確定している。

おいしいフキノトウリゾットをつくるのだ。

翔に連絡して、エラもぜったい取り寄せたい。そう考えれば一年先が見えている。

——大丈夫。

「わたし、まだがんばれます。『ほしみ』の女将さん、それに時雨さんのおかげです」

ありがとう。

そう心からの笑顔で礼を言うと、時雨の目じりが赤く染まった。

時雨は視線を泳がせるようにカウンター内を見回し、それからなにを言おうか思案する様子を見せたあと、発した言葉が、

「夜食、食べますか？」

腕時計を確認すると、もう十時半だ。

「じゃあ、締めのおにぎりとかあったらうれしいです。小さいやつ」

「まかせてください」

時雨が手の洗浄をはじめる。

「ちょうど『ひとめぼれ』を炊いてあります」

ひとめぼれ。お米の銘柄だ。

「いままではコシヒカリでしたよね。やっぱりなにかちがうんですか？」

「はい。コシヒカリのよいところは、やっぱりもちもちとした粘り気が強いところと、甘みですね。主役になれる米で、食事のときにほかほかごはんとして出すなら、俺はやっぱり地元のコシヒカリがいいと思ってます」

「はい。とってもおいしかったです」

「対するひとめぼれは、水加減でやわらかさを柔軟に調整できるお米で、粘り気も甘みもとてもバランスが取れています。おにぎりにして食べるならひとめぼれを推しますね」

きょうは夕飯が蕎麦だったので、もし足りないとリクエストがあれば、おにぎりか混ぜごはんのようなものを追加で出そうと思っていたそうだ。

「混ぜごはん……混ぜごはんのおにぎり。いいですね」

「ちょっとほろ苦いですよ」

言って、時雨が取り出したのは葉っぱが入ったザルだ。

葉っぱという言い方は悪いが、見た目がすごく葉っぱなのだ。

似ている野菜がパッと思い浮かばないので、どうしてもそれ以外に表現ができない。

「ウコギです。タラやコシアブラの仲間で、山形などでは生垣に好まれる低木です。その新芽をいただきます」

すごい。つまり生垣を食べるのか。

「アケビの芽ごはんにするか、ちょっと迷ったんですけど。おにぎりにするならこっちかなと。これもポリフェノールがとにかく豊富で、抗酸化作用や腸内環境改善効果がありまず」

お湯を沸かし、洗ったウコギを塩で茹でる。

それを絞って刻んで、ボールに入れた。味付けは塩少々と昆布茶だ。そこへひとめぼれを入れて、ごま油を回しかけ、混ぜる。

手際よく握られて出てきたのは、丸くて小さなおにぎりがふたつ。

混ぜこまれた鮮やかな緑がとても食欲をそそる。

頭には炒《い》りごまがまぶされて、脇にはコゴミの浅漬けも添えられていた。

おなかがぐうと音を立てる。

「いただきます」

「召し上がれ」

温かいおしぼりで手を拭き、素手でいただく。

顔の前に持っただけでごま油の香りをしのぐほど、強い春の匂いがする。それだけで唾液がじわっと口を潤した。

ぱくっと半分ほどを口に頬張る。

ひとめぼれはほろりと崩れ、舌の上にまずはごま油と、そして昆布と塩に引き出されたお米の甘みがじわっと広がる。

けれど、すぐにウコギがぐぐっと主張をはじめた。

タラやコシアブラと仲間だというのがよくわかる、独特の香味とほろ苦さ。

苦い、けれども旨い。これに尽きた。

＊

「――ごちそうさまでした」

空になったお皿の前で、手を合わせる。

時雨もカウンター内でおなじものを食べていて、ちょうど完食したところだ。

まひろはもう一度スマートフォンのメッセージアプリを開き、伊ケ崎につづいて元同僚たちとのメッセージグループを退会する。メンバーもみんな削除した。

「いいんですか？」

「はい」

画面を閉じて、顔をあげる。

「春って、別れの季節じゃないですか。けじめをつけるにはいいかなと思って」

「別れだけじゃないですよ。出会いもあるでしょう」

お皿を下げて、洗いながら時雨は言う。

「それに、いまは里山にとっては目覚めの季節です。ブナが芽吹き、エラが芽吹き、フキノトウや、タラ、シドケやウコギが芽吹く。芽吹きは目覚めです。俺たちはその目覚めの力を味わって取り込んで、新たな年度《とし》のスタートを切るんです。つまりスタートの季節ですよ」

「冬眠から覚めた熊みたいに？」

「そうです。春からがはじまりです」

春からがはじまりか。

まひろはよし、と両手を握りしめた。

「さんざん目覚めの力を吸収しましたからね、わたしもあしたからしっかりスタートを切らないと」

「芽吹きはゆっくりでいいんですよ。焦らないで」

「ありがとうございます。……ほんとうにお世話になりました」

「こちらこそ。よい思い出で帰っていただけるのが一番うれしいです」

はい、と答え、まひろは深呼吸をした。

吸って吐いて、それから意を決して、時雨を見る。

「じつは、さっそく目覚めたことがあります」

時雨は怪訝そうに目を瞬く。

「時雨さんの旧姓を教えてもらえませんか？」

時雨はなにかを言おうとして、けれども口を閉じ、ちょっと考えたようにしてから「どうして?」とだけ尋ね返した。

まひろも自分の頭の中で記憶を整理して、確認する。

——やっぱりそうだ。

「星時雨というフルネームだと、矛盾するからです」

「矛盾って……なにが?」

「わたしが翔さんと会った最初の日——あ、昔のことじゃないですよ。『ほしみ』に来て二日目の話です。あのとき、時雨さんたちで話していたじゃないですか、小学校時代の思い出話で『翔さんが先生の変な似顔絵を描いては授業中に渡してくる』『間にますみがいて邪魔だった』」

「たしかに言っただかな。でも矛盾? なにもまちがってないですけど……」

時雨は首をかしげる。

「でもこうも言っていました。『机のならびが誕生日順なら、よけいな邪魔が入らなかったのに』」

つまり逆説的に、机のならびは誕生日順ではなかったということだ。

しかもそのあと、『誕生日順だったのは幼稚園のときだけだった』『あとはずっとあいうえお順だった』とも言っている。

日本の学校は出席番号順を決めるのに、ほとんどがこのどちらかを採用しているはずだ。男女を分けるか分けないかの違いもあるので四通りになるが、時雨たちの学校は『あいうえお順』の『男女混合』だったと想像される。

「でも、これだとおかしいですよね。三人のフルネームは『星時雨』『佐倉真澄』『大河翔』。これをあいうえお順でならべると、どうしても『佐倉真澄』は間に入れないんですよ」

時雨は軽く眉をあげて、感心したように腕を組んで聞いている。

「……そこまで考えるとは思わなかったですね」

「教えてください、時雨さん。わたしたぶん矛盾しない苗字、わかります」

まひろは『佐倉』を下の名前と勘違いしていた。

あのとき友だちの名前は耳で聞いただけだったから、だれかが苗字で呼んでいれば、そのまま苗字で覚えることになってしまったのだ。

これがきっと鈴木とか佐藤《さとう》だったら話は変わったのだけれど、名前なのか苗字なのか紛らわしいものは、気づきようがなかった。

時雨は観念したように息をはき、それからまひろを見て、まぶしげに目を細めて笑んだ。

「あきです。安芸《あき》時雨」

「やっぱり……」

まひろを「おねえちゃん」と呼び、一番親しく遊んだ相手だ。

考えてもみれば、血縁のないまひろをおねえちゃんと呼ぶのだから、佐倉真澄のことも
おねえちゃんと呼んでいても不思議じゃなかった。あきはさくらの弟ではなかったのだ。

佐倉真澄の弟は、別人だ。

「ちなみにですけど、佐倉真澄さんの本当の弟さんの名前って？」

「本当のってなに？」

と、まひろの勘違いを知らない時雨は首をかしげつつ、

「はる君だったかな。あのときは年長組だったはずですよ」

と答えてくれた。たしかに佐倉真澄が言ったように、男女どちらでも通じる名前だ。

いろいろ判明すると、頭を抱えたくなる。

「っていうか、あんなに仲良くしたのに、どうして名乗ってくれなかったんですか？」

ちょっと恨み節で言うと、時雨は「だって」と肩をすくめる。

「覚えてますかって訊いたら、まひろちゃん覚えてないって」

「いや、たしかに言いましたけど！」

最初のころの話だ。

「ただでさえ俺だけばっちり覚えてるの、恥ずかしいじゃないですか。それでさらに『俺、あのころは安芸時雨だったんだけど、そっちの名前なら覚えてる？』なんて言えないですよ」

「いや言ってくださいよ」

と突っ込みつつ、たしかになとも思う。

実際にまひろだって、さくらちゃんと再会した時、相手がまるで覚えていないと知ってなにも言えなくなってしまった。気持ちはわかる。

「しかも、翔が謝ったとき、まひろちゃん言ったじゃないですか。『気にするほど仲よくもなかったし』。あれ、俺も言われるかなって思ったらもう無理ですよ」

「そういう意味合いでは」

なかったような、そうだったような。

ただ、翔のことは本当に気にしていなかったのだ。

「それに、やっぱり俺からは名乗れなかったです」

時雨は視線をうつむけた。

「昔、翔が言ってた話――あれ、半分はまちがってなかったから」

「え？」

それは、まひろの母が時雨の父と親しくしているのを見た、という話か。

「うちの親父が手を出そうとしてたんです。そういうやつだから離婚して、いまは星姓になったっていう事情もあって。あ、まひろちゃんのお母さんはなにも悪くないです」

なお、『ほしみ』は母方の家業だそうで、父親はよそから来た婿だったそうだ。

「もしかして、あのとき何も言ってくれなかったのって」

まひろが翔と取っ組み合いになったとき、あきは黙ってうつむくだけだった。

時雨は申し訳ない、と頭を下げる。

「あのときは、助けてあげられなくてごめん」

まひろは椅子を倒す勢いで立ち上がった。

姿勢を正して、カウンター内にいる時雨と向き合う。

「わたしも、ひどいことを言ってごめんなさい！」

大嫌いじゃなかった。絶交なんてばかなことを言った。

頭を深々下げて、それから顔をあげると、目が合った。

自然とお互いに笑顔が浮かんでくる。

「これで全部、スッキリしました」

気持ちよく帰ることができそうだ。

けれども時雨は眉を寄せ、視線を左右に泳がせる。

「俺は、あまりスッキリでもないです」

「え？」

まだなにかあるのだろうか。困ったような顔だ。

「さっきの俺の謝罪、まひろちゃんは受け入れてくれました？」

「はい。それがなにか」

うーんと唸ってから、頭をかく。

「でも、俺がまひろちゃんの謝罪を受け入れるの、条件があるって言ったら、怒りますか？」

「そんな」

嘘でしょう？

ぎょっとして瞬いた。

「もしよかったら――連絡先、交換してください！」

「……え？」

「今度は俺、苦い別れにしたくないので」

手が差し出される。真剣な表情だ。

「俺、ずっと後悔してたんです。まひろちゃんにいやな思いをさせたまま、只見を発たせてしまったこと。だから『ほしみ』で働くようになって、お客さんには必ずいい思い出で帰ってほしいって、そう思うようになった」

「そう、だったんですか……」

だから、あんな親身なおもてなしができていたのか。

「俺の原動力はまひろちゃんです。まひろちゃんも、嫌いじゃないですよね？」時雨は言ってから、目じりを赤くして視線を逸《そ》らす。「……俺の味噌汁」

まひろは驚きつつ、胸のなかがほわっと温かくなるのを感じた。

「はい」


季節は春。

雪深い山里で生命が芽吹く、目覚めと新たなスタートの季節だ。

取材協力　農家レストラン・農家民宿　山響《やまびこ》の家《いえ》　鈴木サナエ様

この物語はフィクションで、登場する人物・団体等は実在のものとは一切関係ありません。

光文社文庫

文庫書下ろし
星《ほし》降《ふ》る宿《やど》の恵《めぐ》みごはん　山《さん》菜《さい》料《りよう》理《り》でデトックスを
著　者　小《お》野《の》はるか

2023年9月20日　初版1刷発行

発行者　三　宅　貴　久
印　刷　新　藤　慶　昌　堂
製　本　ナショナル製本

発行所　株式会社　光　文　社
〒112-8011　東京都文京区音羽1-16-6
電話（03）5395-8147　編　集　部
8116　書籍販売部
8125　業　務　部

落丁本・乱丁本は業務部にご連絡くだされば、お取替えいたします。
ISBN978-4-334-10040-7　Printed in Japan

組版　萩原印刷